听差男孩的波折命运

菲尔的第一桶金

Feier de diyitongjin

[美] 霍瑞修·爱尔杰 著

李志明 译

百花洲文艺出版社

BAIHUAZHOU LITERATURE AND ART PRESS

目 mulu 录

第 1 章

菲尔的麻烦

　　大雪茫茫，菲尔正在艰难地往家里赶。跟他住在一起的，还有继母和一个同父异母的兄弟。突然，一个又湿又硬的雪球向他飞来，狠狠地打在他的脑袋上。这让菲尔感到疼痛难忍，一时之间，他不由得怒气横生。

　　他两眼冒火，突然转过身来，想找出肇事者——肯定是有人在暗算他。

　　他向周围看了看，身旁只有一个戴着眼镜、相貌和蔼的老先生，除此之外，再也没有其他人了——看老先生走路的样子，他肯定非常吃力。

　　毫无疑问，雪球绝不是老先生扔过来的，于是菲尔就开始向更远的地方寻找，就在这个时候，他听到了几声吃吃的笑声，好像是从路旁一面石墙的后面传来的。

　　"我倒要看看到底是谁干的。"菲尔自言自语道，于是他艰难地穿过雪地，爬上石墙，突然看到一个跟自己年龄差不多的男孩子正玩命地往前狂奔。

　　"原来是你，乔纳斯！"菲尔愤怒地大叫道，"我还以为是哪个卑鄙的家伙干的呢！"

　　乔纳斯是菲尔同父异母的兄弟，是个一脸雀斑的家伙。乔纳斯万万没有想到自己会被发现，所以脸上露出一副惊恐的表情。因为心虚，乔纳斯拔腿就跑，越跑越快，很显然，愤怒也加快了菲尔的速度，所以，菲尔很快就追上了乔纳斯。

　　"为什么用雪球打我？"菲尔一边愤怒地问道，一边一把揪住了乔纳斯的衣领，用力地推搡着。

　　"放开我！"乔纳斯一边说着，一边想用力挣脱，可是怎么也挣脱不了。

　　"说，为什么要用雪球打我？"菲尔的口气非常坚定，一副绝对不受侮辱的样子。

"我高兴，"乔纳斯好像并不在乎后果，"打伤你了吗？"

"应该是伤到了，雪球太硬了，像炸弹一样。"菲尔严厉地说，"不能就这么算了吧？"

"我只是开个玩笑而已。"乔纳斯突然明白了事情的严重性，他觉得自己还是小心点好。

"可是我并不喜欢你开的这种玩笑，我想你也不会喜欢我开玩笑的方式吧！"菲尔一边说着，一边用力把乔纳斯压到地上，抓起一把雪就往他的脸上抹去。

"你要做什么？"乔纳斯一脸惊恐地问道，"你是要杀了我吗？"

"我只是想好好给你洗个脸罢了。"一边说着，菲尔一边用力地擦了起来。

"赶快停止，不然我就告诉妈妈！"乔纳斯大声喊道，同时用力地挣扎。

"好啊！最好也告诉她我为什么会这样做。"菲尔说。

乔纳斯一边挣扎一边尖叫，但这一切好像都无济于事。菲尔继续用雪擦他的脸，直到觉得自己已经报复够了才停止。

"起来吧！"他说。

乔纳斯从雪地上爬起来，一张丑脸因为愤怒而抽搐不停。

"你会因此受到惩罚的！"乔纳斯叫嚷道。

"没关系！"菲尔一脸的不在乎。

"你是村子里最卑鄙的家伙。"

"还是让那些更了解我的人去下结论吧！"

"我要把这件事情告诉妈妈！"

"去吧！"

乔纳斯一边叫嚷着，一边往家里走去，菲尔也没有阻止他。

他一边看着乔纳斯离去的背影，一边在心里想着："这下麻烦了，可是我也没有办法啊！布伦特太太总是袒护自己的宝贝儿子，母子俩一副德性。不过我想事情也不一定那么糟糕。"

菲尔决定先不回家，等乔纳斯告完状再说。于是他就先在外面待了半个小时，然后才悄悄地从家里的偏门走进去。他把门打开，用旁边的扫帚扫理了一下靴子上的雪，然后打开里面的门，走进厨房。

菲尔往屋子里一看，发现里面没有一个人，不由得在心里暗暗庆幸起来。他真希望自己的继母布伦特太太（菲尔从来不喊她妈妈）现在不在家。可是就在这个时候，隔壁的房间突然传来一声微弱而尖利的呼唤，麻烦来了！

"菲尔·布伦特，过来！"

菲尔只好走了进去。

在炉火旁边有一把摇椅，上面坐着一个身材瘦小的女人，她嘴唇扁平，表情严肃，两只眼睛里放出冷漠的光——应该没有人会喜欢这样一个女人。

在旁边的一张沙发上，躺着刚刚被菲尔收拾过的乔纳斯。

"我来了，布伦特太太。"菲尔理直气壮地说。

"菲尔·布伦特，你难道不感到可耻，不为自己的行为感到脸红吗？"布伦特太太尖声叫道。

"有什么好脸红的？"菲尔反问道，他并不怕布伦特太太。

"看看沙发上那个刚刚被你伤害过的人吧！"布伦特太太一边说着，一边用手指了指乔纳斯。

好像是为了应和母亲的话，乔纳斯在这个时候呻吟了一下。

菲尔差点没笑出声来，他觉得这实在是太可笑了。

"你还笑！"布伦特太太厉声问道，"不过我也习惯了，你从来不会为自己的粗暴行为感到可耻！"

"您是说我对乔纳斯很粗暴吗？"

"你终于承认了！"

"不，布伦特太太，这不是我做的，我不承认。"

"是吗？豺狼又在埋怨羔羊的粗暴啦！"布伦特太太挖苦道。

"我看乔纳斯并没有告诉您事情的真相，您知道他用一块坚硬的雪球砸我的事情吗？"菲尔接着问道。

"他说自己只是把一点点雪撒到你头上，是在和你开玩笑，可是你却像只老虎一样扑到他身上。"

"不是这样的。"菲尔说，"您不知道那个雪球有多硬，如果他再扔得高一点的话，我就会被打昏了。即使给我10美元，我也不愿意再被打一下。"

"不是那样的，妈妈，别相信他说的话！"躺在沙发上的乔纳斯辩解道。

"那你是怎么对待他的？"布伦特太太继续皱着眉头追问道。

"我把他压在地上，用雪擦他的脸。"

"你这样做会把他冻死的，你知道吗？"布伦特太太明显带着敌意，"说不定他会因此罹患脑膜炎。"

"那他打我的事就这样算了吗？"菲尔气愤地问道。

"你肯定是有些夸张了。"

"就是嘛！"乔纳斯插嘴道。

菲尔轻蔑地盯着乔纳斯看了看。

"你就不能说句实话吗，乔纳斯？"他问道。

"你不能当着我的面侮辱我的儿子！"颧骨突起，一脸雀斑的布伦特太太叫道，"菲尔·布伦特，我实在无法忍受你的无礼。难道就因为我是女人，你就可以在我面前如此猖狂了吗？你这样想可就大错特错了。看来是该让你明白一些事情的时候了，不然你永远改不了这种德性。知道吗？你其实什么也没有，完全在靠我的施舍生活。"

"什么？难道爸爸把财产都留给您了？"菲尔问道。

"他不是你爸爸！"布伦特太太冷冷地说道。听到这些话从自己的继母嘴里说出来，菲尔不禁感到一阵震惊。

他觉得自己简直快崩溃了，他以前一直坚信杰拉尔德·布伦特就是自己的父亲，对于这点，他确信无疑，就好像对于整个宇宙的存在确信无疑一样，可是现在，他感觉脚下的地球简直都要崩裂了。

乔纳斯也惊讶不已，他一时忘了自己眼前所处的情况，"砰"的一声从沙发上坐起身来，嘴巴张得很大，两只眼睛在母亲和菲尔身上扫来扫去。

"啊！"他的口气中同时包含着一丝惊讶，还有一丝迷惑。

"您能再说一遍吗，布伦特太太？"刚刚从惊讶中回过神来的菲尔实在不敢相信自己的耳朵。

"我想我已经说得够明白了。"布伦特太太对自己的话引起的效果感到非常满意，"我说得很清楚，布伦特先生并不是你的父亲。"

"我不相信！"菲尔脱口喊道。

"你是不愿意相信吧？"继母好像并没有感到震惊。

"是的，我可不愿意相信您。"菲尔目不转睛地盯着布伦特太太。

"你居然怀疑一个女士的话，真是有教养啊！"布伦特太太嘲讽道。

"碰到这种事情，谁说的话我都不相信，除非您能证明这一点。"菲尔说道。

"好啊！我可以给你证据，来，坐下，我把整件事情的经过详细说给你听。"

菲尔在旁边的一张椅子上坐了下来，目不转睛地盯着布伦特太太。

"既然我不是布伦特先生的儿子，那我到底是谁的儿子呢？"菲尔急切地问道。

"别着急！"布伦特太太突然转向自己那愚蠢的儿子，说道，"乔纳斯，你千万不能把这个秘密告诉别人，知道吗？"

"知道了，妈妈。"乔纳斯马上回答道。

"好吧，那我就说了。菲尔，在你很小的时候，你的父亲，也就是布伦特先生，曾经在俄亥俄州一个叫富尔顿维尔的小镇住过一段时间，你应该知道这件事情吧？"

"是的，他曾经跟我说起过这件事情。"

"你还记得他当时是做什么生意的吗？"

"旅馆。"

"没错，他开了一家很小的旅馆，不过富尔顿维尔也是个小地方，只需要这么大一家旅馆就可以了。除了少数从附近镇上过来做生意或者是从城里来的鼓手之外，旅馆里平时并没有多少客人。一天夜里，一位先生带着一个很特别的客人（一个大约3岁的男孩）来到旅馆，当时孩子罹患重感冒，非常需要照顾，于是布伦特先生的妻子……"

"我妈妈？"

"对，就是那个让你喊她妈妈的女人。"眼前的这位布伦特太太纠正道，"就主动提出要照顾那个孩子。那位先生很高兴地答应了，于是那个孩子被带到布伦特太太的房间里，吃了点药，结果第二天就恢复得差不多了。你的亲生父亲感到非常高兴，于是他请当时的布伦特太太在自己出差的时候照顾你一个星期。等事情办完之后，你的亲生父亲就会过来接你，并好好报答一下布伦特夫妇。当时的布伦特太太很高兴地答应了，你知道，她本来就很喜欢小孩子。于是你的亲生父亲把你留给了布伦特夫妇，然后就出发了。"

说到这里，布伦特太太突然停了下来，菲尔一脸怀疑地看着她。

"然后呢？"菲尔问道。

"哦！你想知道然后发生了什么事情吗？你对这个故事这么感兴趣吗？"布伦特太太一脸嘲讽地问道。

"是啊！布伦特太太，不管它是真的还是假的。"

"其实也没什么，一个星期过后，你的感冒完全好了，你也逐渐适应了旅馆里的生活，开始又活蹦乱跳了起来。可是不幸的是，你的父亲从此再也没有回来。"

"什么？再也没有回来？"菲尔重复道。

"是的，布伦特夫妇再也没有听到任何关于他的消息。于是他们相信你的亲生父亲并不打算要你了，这一切都是事先安排好的。不过他们当时也开始喜欢你了，而且他们自己也没有孩子，所以就决定把你留在自己的身边。当然，他们为此还编了一些故事，说你是他们朋友的孩子。后来，布伦特先生离开了俄亥俄州，来到了我们现在住的地方，于是他也就不用撒谎了，干脆直接告诉别人你是他的儿子。这个故事很富传奇色彩，不是吗？"

菲尔两只眼睛继续盯着继母，可是他实在看不出这个女人在撒谎。突然之间，他产生了一种巨大的忧虑，唯恐这一切都是真的（这从她的脸上很容易看出来）。毕竟，他很讨厌自己的继母，也不大容易相信她的话。

"您有什么证据呢？"过了一会儿，菲尔问道。

"布伦特先生在跟我结婚之前告诉过我这件事情，他认为我应该知道。"

"那他为什么不告诉我呢？"菲尔问道。

"他怕你会感到难过。"

"可是您却并不在乎我是否会难过？"菲尔撇着嘴巴继续问道。

"当然，我不在乎。"布伦特太太一脸诡异地笑道，"我从来没有喜欢过你，也不用假装喜欢你，而且今天我发现你居然对乔纳斯这么粗暴，就更没理由喜欢你了。"

虽然极力想装出受伤的样子，可是乔纳斯脸上惊讶的表情一时还真的转换不过来。

"您的解释倒是很圆满啊！布伦特太太，"菲尔说，"可是到现在为止，您还没有拿出任何证据啊！"

"等一下，"布伦特太太一边说着，一边走到楼上，取下来一张照片，上面是一个3岁的男孩，"你以前见过这张照片吗？"

"没有。"菲尔一边看着照片，一边一脸迷惑地回答。

"这是布伦特夫妇在决定收留你的时候帮你照的，他们给你穿上了你刚来的时候穿上的衣服，这样就可以在必要的时候确定你的身份了。"

照片上的孩子穿着一身华丽的衣服，显得漂亮又可爱，显然不是一个乡下的孩子。菲尔看得出来，这确实是自己的照片。

"还有一样东西给你看。"布伦特太太一边说着，一边拿出了那张包着照片的白纸，只见上面写着一些字，菲尔一下子就认出那是布伦特先生的笔迹：

照片上的孩子于1863年4月被带到我的旅馆，从此就再也没有人来领走。我想把他当作自己的儿子扶养，可还是决定要记录下他被送到我这里的整个过程，并把他当初的样子照了下来。

杰拉尔德·布伦特

"你认得这个笔迹吗？"布伦特太太问道。

"当然。"菲尔一脸肯定地回答。

"或许你现在还在怀疑我刚才说的话！"布伦特太太得意地说。

"可以把这张照片留给我吗？"菲尔反问道。

"当然可以，你有这个权利。"

"那张字条呢？"

"我想还是我来保管吧！免得唯一的证据被毁灭了。"布伦特太太说道。

菲尔好像不明白她的意思，不过他还是拿着照片离开了屋子。

"妈妈，这下可以好好嘲弄一下菲尔了，我想他以后不会那么嚣张啦！"一脸雀斑的乔纳斯不由得喜形于色。

第 2 章

菲尔的抉择

　　离开布伦特太太之后，菲尔觉得自己好像掉进了一个新的世界里面。他不再是菲尔·布伦特了，而且更糟糕的是，连他自己也不明白自己究竟是谁。他对前途感到一片迷茫，只能确定一件事情：他的一生将从此发生变化。布伦特太太说过，他完全是依靠她生活的。可是他决定不再这样过下去了，这个家即使在最富裕的时候也没有让他感到丝毫快乐。一想到今后要靠这样一个女人生活，他就感到无法忍受。他决定要离家出走，去闯出一片属于自己的天空。需要说明的是，菲尔的这个决定并不是一时冲动的傻念头（很多孩子都因为这种念头而离开自己的家），他现在做出这个决定，只是因为他突然感到这里并不是自己真正的家。

首先，他需要一笔钱，可是当他打开钱包的时候，却发现自己身上只有1美元37美分，他根本不可能用这点钱去闯天下。不过他还有其他赚钱的办法：他有一支枪，很多朋友都想要，他可以把它卖了；而且他还有一艘船，也可能卖一些钱。

在村子里的路上，他遇到了木匠鲁本·戈登，他的收入不错，从来不缺钱用。

"你好啊，菲尔。"鲁本热情地招呼道。

"我正想找你呢！你不是想买我的枪吗？"菲尔问道。

"是啊！你要卖了吗？"

"我并不想卖掉它，可是我现在需要用钱，所以如果你要买的话，我就把它卖给你吧！"

"多少钱？"鲁本问道。

"6美元吧！"

"太贵了，5美元吧！"

"好，卖给你，"菲尔顿了顿，然后接着说，"你什么时候把钱给我？"

"你今天晚上把枪带来我家里，我再把钱付给你。"

"好，对了，你知道谁还想买我的船吗？"

"什么？你要把船也卖了？"

"是的。"

"你是要歇业了吗？"鲁本警觉地问道。

"是的，我要离开普朗克镇。"

"是吗？那就怪了，你要到哪里去啊？"

"我想可能是去纽约吧！"

"你要在那里工作吗？"

"是的。"

这里必须说明，事实上，菲尔根本没有任何明确的打算，他只是觉得在纽约那样的大城市应该比较容易找到工作，任何愿意工作的人都会有机会的，所以他才告诉路本自己打算去纽约。

"我可没有想过要买那艘船。"鲁本说道。

菲尔明显地感到鲁本话里有话，于是他赶忙对鲁本说："你要买吗？我可以卖你便宜点。"

"多少钱？"

"10美元。"

"太贵啦！"

"我买的时候可是用了整整15美元呢！"

"可是它现在已经是二手货了。"鲁本说道。

"其实跟新的差不多，你想想看，再说我只要10美元。"

"我还是觉得有些贵了。"

"那你想出多少钱呢？"

经过一番讨价还价之后，鲁本最后同意以7美元75美分的价格买下这艘船，双方商定当天晚上一手交钱一手交货。

"我想我也没什么好卖的了，"菲尔想，"我还有双冰鞋，不过大概卖不了多少钱，就送给汤米当礼物吧！他可买不起。"

汤米是个可怜寡妇的儿子，晚饭之前，菲尔把冰鞋送到了汤米的家里，汤米高兴极了。

吃过晚饭之后，菲尔把船的钥匙和枪带到鲁本家里，鲁本按照双方协议的价格付了钱。

"我是不是应该告诉布伦特太太我要离开呢？或者我是不是应该给她留张纸条？"菲尔心里想想。

想了半天之后，菲尔还是决定要当面把这件事情告诉布伦特太太："我想我应该告诉您，我明天就要离开这里了。"

布伦特太太正在忙着自己的事情，一听到这些话，她连忙抬起头来看着菲尔，一双冷漠、阴沉的眼睛上下打量着菲尔。

"你要离开？"布伦特太太问道，"去哪里啊？"

"可能会去纽约吧！"

"为什么？"

"跟大家一样，去找机会。"

听到这里，布伦特太太冷笑着说："可是他们未必能找到啊！还有其他原因吗？"

"是的，主要是因为您昨天说的那番话，您说我是在靠您生活。"

"没错啊！"

"您还说我甚至连姓布伦特的资格都没有。"

"是，我确实这么说过，没有错。"

"那好吧！我想我今后再也不会依靠您了。我要靠自己的力量生活。"菲尔说道。

"我并没有意见，或许你是对的，但你考虑过邻居们会怎么说吗？"

"他们会怎么说？"

"他们会说是我把你赶出家门，我可不愿意被人这么议论。"

"可是事实并非如此，我并不喜欢这个家，但是我还是想问一下，如果我愿意的话，我是不是可以继续留下来呢？"

"可以。"

"但是您并不反对我离开？"

"是的，如果你能让邻居们知道是你自己想离开，而不是我赶你走的话，我并不反对你离开。"

"好吧！如果有人愿意责备我的话，我倒是很愿意被人责备。"

"那好吧！你去拿张纸来，我说你写。"

于是菲尔从父亲的书桌上拿来一张纸，开始按照布伦特太太的意思写了起来。

只听布伦特太太说道：

　　我，菲尔，经布伦特太太同意之后，自愿离家出走。此举完全出于我的本意，不需任何人为此负责。

菲尔·布伦特

"你还是可以姓布伦特，因为你根本没有别的姓。"布伦特太太说。

听到这些话，菲尔不禁皱起了眉头。想到自己对自己的身世一无所知，他不禁感到难过。

"还有，"布伦特太太说，"现在才8点钟，我想你最好去见一下自己的好朋友，告诉他们是你自己想离开的，我并没有逼你。"

"我会的！"菲尔回答。

"也许你可以明天再做这件事情。"

"不，我打算明天早上就走。"

"那好吧！"

"明天早上就走？"乔纳斯一边从外面走了进来，一边嘴里重复道。

布伦特太太把菲尔的计划简单重复了一下。

"那你把冰鞋留给我吧！"乔纳斯说。

"不行，我已经送给汤米了。"

"你应该先想到我啊！"乔纳斯嘟囔着说道。

"不，汤米是我的好朋友，可是你并不是。"

"算了，但无论如何，你应该把你的枪和船送给我。"

"我已经把它们卖掉了。"

"实在太可恨。"

"我不明白你为什么想得到这些东西，可是我需要换点钱用，至少帮助我熬到找到工作的时候。"

"如果你愿意的话，我可以负担你去纽约的路费。"布伦特太太说。

"不用了，我想我的钱应该够用了。"菲尔回答道，他再也不想拿布伦特太太的任何东西。

"那随便你吧！我只是提个建议。"

"好的，我会记住您的好意。"

那天晚上，就在睡觉之前，布伦特太太打开了一个箱子，从里面拿出了一张折叠着的纸。

那是她丈夫的遗嘱，只见上面写道：

现留给我的菲尔·布伦特（很多人或许都认为他是我的儿子）5000美元，并将这笔钱交给他的监护人代管，直到孩子年满21岁。

"他永远也不必知道这件事情，我还是给乔纳斯留着吧！"布伦特太太自言自语道。

她拿着遗嘱犹豫了一会儿，不知道是否应该销毁它，但最后她还是决定把它放回原来的地方。

"是他自己要离家出走的，或许他今后再也不会回来了，我真希望这样，谁也不能说是我把他赶走的。"她接着自言自语道。

第 **3** 章

莱昂内尔先生

　　如果是在半年前，菲尔根本不会考虑到离家出走的。那时父亲还在，他非常喜欢菲尔，甚至连暗中讨厌菲尔的继母也不敢表示出任何的不高兴。就这样，在父亲的呵护下，菲尔一直过着无忧无虑的生活，根本不在乎布伦特太太是否喜欢自己。至于乔纳斯，由于布伦特太太早就警告过他不许招惹菲尔，以免自找麻烦。当然乔纳斯也非常明白自己当前所面临的形势，于是他老老实实地听母亲的话。可是一等到父亲去世，所有的情形都发生了变化，乔纳斯和母亲的态度立刻有了大转弯，他们开始不把菲尔放在眼里了。

普朗克镇距离纽约75英里，车费是2美元25美分。

对于手头并不宽裕的菲尔来说，这可是一笔相当大的费用，但他仍然希望能够尽快去这个大都市。在菲尔看来，坐车去纽约还是比走路要便宜些，因为如果走路的话，他就必须花很多钱在路上购买食物。

于是他上了火车，在车厢里找到座位，把装满内衣的小提包放在旁边的位子上。车厢里的乘客并不多，他旁边的位置也没有什么人。

列车飞速地向前奔驰，菲尔也兴致勃勃地看着窗外的风景。他今年16岁了，很少有像他这么大的孩子会喜欢乘车旅行，所以车上几乎没有像他这么大的孩子。可是菲尔也是因为实在走投无路才决定这么做的。需要说明的是，菲尔目前并没有对自己眼前的处境感到悲观，相反地，他觉得兴奋极了，简直像要飘起来了一样——在他看来，自己每一分钟都在远离普朗克镇，而且距离纽约也越来越近。他希望自己一到纽约就能找到工作，或许能因此而好运连连。

就在这个时候，一个穿着打扮非常时髦的年轻人走了进来。

车并没有到站，所以他很明显是从另外一节车厢走过来的。

他走到菲尔的座位旁边，停了下来。

菲尔发现这个年轻人盯着自己的提包看了看，于是礼貌地把它挪开，说："您是要坐在这里吗，先生？"

"是的，谢谢。"年轻人回答道，然后在菲尔旁边坐了下来。

"麻烦了，真是抱歉。"年轻人说着，一边又看了看菲尔的提包。

"哦！没关系的，"菲尔回答，"我只是暂时放一下，如果有人要坐的话，我当然应该把它拿开了。"

"还是你比较能体谅人，"年轻人说，"隔壁有个上了年纪的妇女，一个人霸占了三个座位，把自己的行李都放在上面。"

"那未免太自私了。"菲尔说。

"是啊！我也是这么想的。我刚才经过她旁边，她好像生怕我会坐在她的行李上似的，根本不肯把行李挪动一下。我在她旁边站了很久时间，直到她感到浑身不自在的时候，我才走开。我觉得在她旁边站着实在很痛苦，相比之下，我更愿意坐在你旁边。"

"你是在夸奖我吗？"菲尔微笑着问道。

"是啊！如果你愿意这么认为的话。跟你在一起确实比跟那个老太太在一起舒服。你是去纽约吗？"

"是啊！"

"你住在那里吗？"

"我倒希望如此。"

"你是在乡下长大的吧！"

"是的，在普朗克镇。"

"普朗克镇！我听说那是一个美丽的地方，可是从来没有去过。你在那里有亲戚吗？"

菲尔犹豫了一下。布伦特太太已经把菲尔的身世都告诉他了，所以一时之间，他也不知道自己在那里是不是还有亲戚。不过年轻人显然也没有希望从他身上得到正确的答案。

"不是很多。"菲尔回答。

"你是去纽约上中学吗？"

"不是的。"

"那你是去上大学喽？我在哥伦比亚大学有个表哥。"

"要是我能上大学就好了，可是我只懂得一点拉丁文，希腊文更是一窍不通。"菲尔说。

"我也是，我从来不关心拉丁文或者是希腊文的问题。我看你是想在那里找份工作吧！"

"是的，我想找点事情做。"

"那恐怕要花上一段时间了。不过你肯定办得到的。"

"短期内还可以。"菲尔说。

"说不定我能帮上忙，我认识很多有名的商人。"

"那太好了。"菲尔突然觉得自己遇到这个朋友真是幸运。

"不客气，我当初也是奋斗了很长时间，虽然现在生活好些了，可是我始终忘不了自己以前的经历。对了，你叫什么名字啊？"

"菲尔·布伦特。"

"我叫莱昂内尔·雷克。可惜我没带名片，或许我钱包里有，我看看。"

雷克先生一边说着，一边打开自己的钱包，然后突然惊叫了一声。

"哎呀！这下麻烦了。"他说。

菲尔用疑惑的眼光盯着他，不明白到底是怎么回事。

"我昨天住在姨妈家里，从里面取出过一沓钞票，我肯定是忘记把它放回去了。"雷克先生解释道。

"希望您没把钱弄丢。"菲尔说。

"应该不会，我姨妈发现之后，一定会替我保管好的。问题是，我现在身上没钱了。"

"您一到城里就可以拿到钱了啊！"菲尔提醒道。

"是的，问题是，我必须在距离纽约10英里的地方下车啊！"

雷克先生显得一副非常为难的样子。

"要是车上能碰到熟人就好了。"沉思了半晌之后，雷克说道。

菲尔确实想借点钱给他，可是他自己带的钱也不多，所以他在花钱的时候一定要非常慎重。

最后雷克好像想到了一个好主意。

"你身上有5美元吗？"他和蔼地问道。

"有啊，先生。"菲尔慢吞吞地回答。

"那么我有个建议，你可以把钱借给我，我把这个戒指放在你这里做抵押，它怎么说也值25美元。"

他一边说着，一边从背心口袋里拿出了一枚金戒指，上面还镶着宝石。

"我把戒指和我的地址留给你，你可以明天早上拿着它到我的办公室来，我会付给你5美元，还会另外加上1美元作为给你的报酬。这可是一笔不错的买卖，你说是不是？"

"可是你难道不怕我把戒指卖掉吗？"菲尔问道。

"这我倒不担心，"雷克显出一副毫不在乎的样子，"你看起来很诚实，而且我相信你。你想清楚了吗？"

"好吧。"菲尔回答。

赚到这1美元很容易，而且它还可以顺便帮助一下这个年轻人。

"那就这样吧！"

菲尔从他为数不多的钱中取出5美元交给雷克，然后雷克把戒指递给了菲尔，菲尔把它戴在手上。

然后雷克又递给了菲尔一张纸条，上面用铅笔写道：

百老汇大街237号莱尼尔湖

"非常感谢，再见，我下一站下车。"雷克说。

列车长正当菲尔庆幸自己如此幸运时，走进了这节车厢，后面还跟着一位年轻的小姐，他们来到菲尔的身旁，然后小姐说："那个男孩手上戴的戒指不就是我的吗？"

"这下终于抓到你了，小混蛋，把你从这位小姐身上偷的戒指拿过来。"

一边说着，列车长一边把手压在菲尔肩膀上。

"偷的？"菲尔气呼呼地说，"我不明白您的意思。"

"哼，你明白，肯定明白！"他粗暴地说。

无论一个孩子多么诚实，当他被指责偷窃别人财物的时候，都会感到困惑不安。

菲尔就是如此。

"我向您保证，我根本没偷她的戒指。"他急忙辩解道。

"那你的戒指是从哪里来的？"列车长粗暴地问道。

有人总是喜欢自找麻烦，这位列车长就是如此，而且他总是喜欢把人往坏处想。事实上，他宁愿相信自己那些品行败坏的同党，也不愿意相信那些品德优良但他却不是很熟悉的人。

"是一个刚刚下车的年轻人给我的。"菲尔说。

"编得跟真的一样。"列车长讥笑道。

"年轻人很少会把一枚这么贵重的戒指送给一个陌生人。"

"他不是送给我，我已经付给他5美元了。"

"那年轻人叫什么名字？"列车长怀疑地问道。

"这是他的名字和地址。"菲尔一边回答，一边从口袋里取出雷克先生留给他的字条。

"百老汇大街237号，"列车长念道，"即使真有这个人，我也怀疑他是不是你的同伙。"

"你没有理由这样说。"菲尔气愤地回答。

"我没道理，是吗？"列车长严厉地问道，"你知道我会怎样对待你吗？"

"如果你要我把这枚戒指还给这位小姐的话，我没意见，但

你必须证明戒指是她的。"

"当然，你必须还给她，但还没完，到纽约后，我会把你交给警察局。"

菲尔突然感到紧张起来，他感到自己很难证明那戒指的来路。

"事实上，你刚才编的故事也太差劲了。"

"列车长，你真的冤枉了这个孩子。"这时旁边传来了一个声音。

说话的是一个老人，看起来约65岁，虽然头发已经斑白了，可是他的身体仍然非常强壮。他就坐在菲尔后面。

"谢谢您，先生。"菲尔感激地说。

"这是公事。"列车长毫不客气地说，"不需要你多事。"

"年轻人，"老先生严厉地说，"我见过的大多数官员都很有礼貌，像你这样的可不多。"

"你是什么人？凭什么多管闲事？"列车长粗暴地问道。

"我马上就会告诉你我是什么人。至于这个孩子，我可以保证他没说半句假话。他和那个把戒指给他的年轻人之间的谈话我全听到了，我可以证明这个孩子说的全是实话。"

"无论如何，他现在手上拿着赃物。"

"可是他并不知道那是赃物啊！而且他也不认识那个年轻

人。虽然我刚开始就怀疑那个年轻人不是什么好人，可是这孩子毕竟是无辜的，他根本没有任何经验。"

"好吧！如果他是清白的话，那就让他在受审的时候说清楚好了。至于你呢，"列车长说，"根本不关你的事。"

"年轻人，你刚才问我是谁，你现在还想知道吗？"

"知不知道无所谓。"

"好吧！那我就告诉你，我就是这段铁路局的局长理察德·格兰特。"

列车长听到这些话之后，马上表现出了一副惊诧的样子。他恍然大悟，自己刚才冒犯的这位老人绝对有权利开除他。刚才还显得那么盛气凌人的列车长，现在，为了保住自己的职位，而不得不低声下气。

他故作镇静地说："请原谅，先生。如果知道您是谁的话，我就不会那样说了。"

"就算我不是铁路局的人，可是你总应该有点礼貌吧！"他说。

"如果您说这个孩子没问题，我就不找他麻烦了。"列车长继续说。

"我可以证明他是无辜的。"局长说，"我是看着他进车厢的，他根本就没偷戒指。"

"我只希望他把戒指还给我。"小姐插话说。

"好吧！尽管我因此损失了5美元。"菲尔说。

"还给她吧，孩子。"局长说，"我也觉得这位小姐的要求很合理。"

于是菲尔从手指上取下戒指交给那位小姐，然后她回到自己的那节车厢去了。

列车长不安地说："我希望，先生，您不会因为这件事对我有偏见。"

"很遗憾，我做不到，"局长冷冷地说，"如果我发现以后你表现得不错，今天的事就算了。"

"谢谢，先生。"

"我很高兴由于我在场，才没有冤枉这个孩子。你得从这件事中吸取教训。"

列车长垂头丧气地走了。

这时菲尔转向他的新朋友。

"真是太感激您了，先生。"他说，"要不是您，我可就遇上大麻烦了。"

"我很高兴没让他们冤枉你，小家伙！但我没避免让那个无赖骗走了你5美元，对你的损失不会太大吧！"

"那些钱是我所有财产的三分之一，先生。"菲尔低下头十分难过地说。

"真遗憾！幸好你不是靠这点钱过日子！"

"不，我靠自己，先生。"

格兰特先生关切地问："那你的父母呢？"

"我没有父母，只有一个继母。"

"那你以后怎么办呢？"

"我想到纽约谋生。"

"我不太赞同你的这种想法，小朋友！"

"我这样做是有原因的，先生。"

"你该不会是离家出走吧？"

"我不是的，先生，继母知道并同意我离开家的。"

"那就好，我也不想让你失望，实话告诉你吧！我像你这么大的时候也怀着同样的想法来到纽约，当时身上的钱还没有你现在多呢！"

"可是您现在都已经当上了铁路局局长！"菲尔充满希望地说。

"话是这么说，可是之前我也是吃了不少的苦头呀！"

"我不怕艰苦，先生。"

"这对你有好处。也许以后你会和我一样幸运！到纽约后，欢迎你来我的办公室做客。"

　　格兰特先生递给菲尔一张名片，上面有他的名字和在华尔街的地址。

　　"谢谢，先生。"菲尔感激地说，"很高兴能有机会去拜访您。我也需要别人的指点。"

　　"如果你能接受别人的指点，并照着去做，你会很有前途的。"局长微笑着说，"另外，还是让我来替你承担你刚才的损失吧！把这些钱拿去。"

　　"可是，先生，这不该由您来承担的。"菲尔说。这时他看了看他递过来的钞票，问道："您弄错了吧？这是一张10美元的钞票。"

　　"我知道，没有弄错。多给5美元是为了表明我喜欢你。顺便告诉你一声，我要先去费城和华盛顿，三四天后才能回到纽约。我回来后，你就可以到办公室来找我。"

　　菲尔愉快地想："尽管被莱昂内尔·雷克那个无赖给骗了，但我毕竟还是很幸运的！"

第 4 章

奥兰多先生

菲尔满怀憧憬地来到了纽约。有了格兰特先生的帮助，他的经济状况比离家时还要好很多。

离开火车站，站在纽约宽阔的街道上，菲尔感觉自己正在敲开新生活的大门。他对自己所进入的大都市一无所知，也不知道该何去何从。

"真冷呀！"旁边传来一个友好的声音。

　　菲尔环顾了一下四周，发现说话的人是个黑头发、黑胡子、脸色蜡黄的年轻男子，戴着一顶宽松的黑色毡帽，年轻人十分俏皮地看了他一眼。

　　"是的，先生。"菲尔礼貌地回答。

　　"你是外地人吧？"

　　"是的，先生。"

　　"别总是先生、先生地叫，我不太习惯。我叫奥兰多。"

　　"奥兰多！听您的名字是意大利人吧？"菲尔重复道。

　　"哦，是的，"奥兰多先生眨了一下眼睛，回答道，"有人这么认为，但事实上我出生在佛蒙特州，身上有一半爱尔兰血统和一半美国血统。"

　　"您的名字是怎么来的呢？"

　　"名字是我自己取的。"年轻人答道，"我是个职业艺人。"

　　"你说什么？"

　　"我是个歌手兼木屐舞演员。我想很多人都认识我的。"奥兰多先生继续得意地说，"去年夏天我随'简克斯—布朗马戏团'巡回演出，你一定听说过他们。整个冬季我都到鲍尔雷街的鲍尔曼杂剧团工作，每晚出场，每周还要参加两场白天的演出。"

奥兰多先生那种职业特性给菲尔留下了深刻印象。他从来没有在现实中见过演员。奥兰多先生其貌不扬，而且衣衫不整。但无论怎么说，他仍然是个有天赋的人。

"我真希望能看到您的演出。"菲尔满怀敬意地说。

"你会看到的，我可以从勃尔曼先生那里帮你弄一张入场券。你现在要去哪里？"

"我自己也不知道。"菲尔茫然地回答，"我想找个便宜一点的能提供吃、住的地方，但我对这里一点也不熟悉。"

"我熟呀！"奥兰多先生马上回答，"要不然你到我家去吧？"

"你在这里还有房子？"

"我是说我的住处，离这里还有一段路。我们坐马车怎么样？"

"好啊！"菲尔回答道，在这迷宫般的大都市里找到了一个向导，他感到宽慰了许多。

"我住在'第五街'，就在鲍尔雷街附近，很方便。"奥兰多说。

"我想你说的是'第五大道'吧？"菲尔问，他并不知道两者的区别。

"哦，不是的，那可不是我这种人住的地方。"

"价钱便宜吗？"菲尔有些担心，"我的钱要尽量维持久一些，因为我不知道什么时候能找到工作。"

"当然。我们可以住在一个房间，虽然只是一间在走廊上搭的小卧室，但我们还可以将就一段时间。"

"我想还是自己单独住一间好些。"菲尔说，他想到毕竟自己与奥兰多还不怎么熟。

"嗯，好的，我跟房东太太说说，我想她会在二楼帮你在走廊上搭一间小卧室。"

"房租是多少钱呢？"

"每周1美元25美分，吃饭可以自己到外面去买。"

"这挺适合我的。"菲尔想了想说。

他们下了马车，来到一座有三层楼高的破旧大楼。对面是个马厩，一群孩子在大楼前玩耍，每个人都是脏兮兮的。

"这就是我住的地方。"奥兰多先生轻松地说。

离开家对菲尔来说倒也没什么可遗憾的，因为现在那个家，对自己而言早已没有吸引力了。

奥兰多先生按完门铃，一个德国人模样的胖女人走了出来。

"你回来了，奥兰多先生。"女人说，"我想你是把欠了两周的房租也带来了吧？"

"我有了钱一定会给你的，施莱辛格夫人。"奥兰多说，

"不过你瞧，我给你带来了一个人。"

"你们是一起的？"女人问。

"不是，真可惜还不是。他的名字叫……"

奥兰多轻轻咳嗽一下。

"我叫菲尔·布伦特。"

"很高兴见到你，菲尔·布伦特先生。"女房东说，"他和你一样都是演员吗，奥兰多先生？"

"现在不是。以后会怎样，我们也不知道，不过他是来做生意的，施莱辛格夫人。他想租间屋子。"

房东顿时乐了起来。她还有两间空屋，正发愁无法租出去呢！

她说："我们上楼吧！我马上带你去看房间，菲尔·布伦特先生。"

女房东患有哮喘病，带着他们爬楼累得气喘吁吁。菲尔跟在后面。房子里面和外面一样也是乱糟糟的，尤其是三楼显得十分昏暗。

她一把推开一个房间的门，指着褪色的地毯、皱巴巴的床、廉价的松木桌和桌子上方挂着巴掌大的一个小镜子，说："瞧！这个可爱的房间，单身汉或夫妻住都合适。"

"我朋友菲尔·布伦特先生还没结婚呢！"奥兰多先生半开

玩笑地说。

菲尔也跟着笑。

"你知道什么，奥兰多先生。"施莱辛格夫人说。

"那么房租是多少钱？"菲尔问。

"每周3美元，菲尔·布伦特先生。我本来应收4美元的，不过我看你是个正经的年轻人……"

"看你是个老实的年轻人，又是我们奥兰多先生的朋友，我就没有对你收全额，算是对你的优惠了。"

"我可付不起那么贵的房租。"菲尔摇摇头。

"我想你最好带菲尔·布伦特先生看看我上面那间走廊小卧室。"奥兰多插嘴说道。

施莱辛格夫人又带着他们费力地爬上另一个楼梯，她把一间让人倍感压抑的、被纽约人通称为走廊小卧室的房门推开。这间屋子大约5英尺宽8英尺长，几乎被一个廉价的床铺塞满，墙上贴的纸也被扯得七零八落。还有一把摇摇欲坠的摇椅，和一个跟老古董差不多的脸盆架。

"这对单身汉来说是多么整洁、优雅而舒适的屋子啊！"施莱辛格夫人言不由衷地夸赞着自己的屋子。

菲尔打量着自己这个未来的家，心情有些沉重。与他家里整洁、舒适的卧室相比，眼下的情形真是一个多么鲜明的对比。

"这房间跟你的差不多吗，奥兰多先生？"他轻轻问。

"是的，一模一样。"奥兰多回答。

"那么您建议我租下它了？"

"目前再也没有比这更好的办法了。"

要不是房东在场，真不知奥兰多会如何评价这样的房间，但毕竟他欠了人家两个星期的房租。"那好，"菲尔身子微微颤了一下，说，"如果租金合适的话，我就租下。"

"每周1美元25美分。"施莱辛格夫人干脆利落地回答。

"我就先租一个星期吧！"

"我想你是不会介意预付房租的吧？"女房东说，"我这里的租金都是预付的。"

于是菲尔从钱包里取出一些钱交给女房东。

"我租下了。"菲尔说，"能找点水洗洗脸吗？"

施莱辛格夫人见有人竟然要大中午洗脸，显得很吃惊，不过她也没表示反对。菲尔洗过脸和手后，就和奥兰多先生去鲍尔雷街的一家餐厅吃饭。

第 5 章

鲍尔曼杂剧团

    奥兰多先生带他去吃饭的时候，正是用餐高峰期，所以餐厅挤满了人。整体看来，这些顾客好像都不属于社会上层的人，这里的桌布脏兮兮的，侍者看起来也都是油腻腻的。菲尔没有说话，但他现在感觉已经没有进来之前那么饿了。

    奥兰多找到两个座位，坐下来。菲尔拿着一张油腻腻的菜单，发现10美分可以买到一盘肉，还有面包、奶油和一盘马铃薯泥。如果想要一杯茶只需另付5美分。

"15美分一顿饭我还付得起。"他暗自想，于是就点了一盘烤牛肉。

"我还是点咸牛肉和卷心菜吧！"奥兰多说。

"这东西很能填饱肚子。"他对旁边的菲尔说，"他们给你的肉一两口就吃完了，而且还吃不饱。"

不过菲尔不想再多点了。吃完后他仍然觉得饿，就只好再点了一块苹果馅饼。

"我知道你肯定会大吃一顿的。"奥兰多说。

菲尔吃完后发现，虽然自己吃得很饱，却没有感觉自己吃得很舒服。而且他花的钱比奥兰多多出一倍，奥兰多没有点茶和馅饼。

到了晚上，奥兰多先生到鲍尔曼杂剧团去了。

"我想过了，就这一两天我会帮你弄一张优惠票的，菲尔·布伦特先生。"他说。

"多少钱一张？"菲尔问。

"15美分。贵宾票25美分。"

"我想我还是可以奢侈一下的，"菲尔说，"我要自己花钱买一张票。"

"那就更好了！"奥兰多说，"我保证你会觉得很值得。鲍

尔曼从来不会让观众后悔。8点钟开演，11点半才结束。"

"每小时还不到5美分。"菲尔说。

"你的脑筋很灵活！"奥兰多先生敬佩地说，"我就不行了，对于数字我可弄不清楚。"

对于奥兰多的赞扬，菲尔并不觉得有什么，但他什么也没说，因为看起来他的同伴在数字方面确实很差。

至于演出，其实谈不上有多精彩，聘请的演员也都不是一流的。不过菲尔还是挺高兴的，他从来都没参加过什么娱乐活动，对这些自然感到十分新奇。

奥兰多一身盛装地先出场了，唱了一首歌（与其说他唱得很好，不如说是声音很大），最后他跳了一支嘈杂的木屐舞，获得了最高楼座里男孩们的热烈掌声，他们这晚欣赏的表演，其实只花了10美分。

奥兰多又一次被观众请回舞台。他鞠了个躬对观众的支持表示感谢，接着又跳了一支舞才退场。他完成自己的演出任务后，就换上便装，来到观众席里，在菲尔身旁坐下。

"觉得怎么样，菲尔·布伦特先生？"他望着菲尔问。

"很不错，奥兰多先生。那么多人为您鼓掌。"

"是呀！观众都很热情。"奥兰多一副骄傲的神情。

旁边两个男孩听见菲尔说出自己偶像的名字，都开始把目光转向了眼前的这位名人。

"他就是奥兰多先生！"一个孩子耳语道。

"我认识他。"另一个回答。

"看，这就是名声。"奥兰多高兴地对菲尔说，"人们在街上都会指着我。"

"肯定很棒。"菲尔说，但是他自己不喜欢在大街上让别人指指点点的。奥兰多先生却对此沾沾自喜，他确信自己的名声给菲尔留下了深刻的印象。

他们没有把演出看完。奥兰多当然熟悉那些表演，而菲尔也很疲惫，想回去睡觉。因为下午他去城里到处转了一下，走了好多路。

他们回到住处，打开自己的房间，脱掉衣服就倒在床上。

床很不舒适。木板上只垫了一层薄薄的草席，而且身上盖的棉被也很薄。他干脆把上衣放在被子上，才感觉好一些。尽管床很硬，他还是很快就睡着了。

"明天我得去找工作。"他对奥兰多先生说，"您能告诉我怎么找工作吗？"

"行，朋友。你可以买一份日报，看看上面的广告。也许会有某个富商正要雇一个像你这么大的男孩。"

菲尔现在也想不到更好的办法，只能听从奥兰多先生的建

议。

第二天，他在鲍尔雷餐厅简单地吃了点早餐后，就花几美分买了两份报纸，开始寻找工作。

第一个地方在"珍珠街"。

他进去后，有人告诉他去公司前面的一张办公桌那里面试。

"你们登广告要招募一个男孩？"菲尔问道。

"已经找到了。"桌旁的人生硬地回答。

没什么可说的了，菲尔沮丧地走出来。来到第二个地方后，已经有6个男孩在那里排队等候。他也排起了队，可是还没轮到他，那个空缺就已经找到人了。

在接下来的地方，他的外表给人留下了不错的印象，人家问他几个问题。

"你叫什么名字？"

"菲尔·布伦特。"

"今年几岁了？"

"刚满16岁。"

"教育程度？"

"我6岁的时候就开始读书。"

"有工作经验吗？"

"没有，先生。"

"你现在和父母住在一起吗？"

"不是的，先生。我刚刚来这里，暂时住在第五街。"

"那不行。我们希望你能和父母住在一起。"

可怜的菲尔！他原以为自己终于找到一份工作了。然而谈话突然终止，让他非常失望。

他又去了另外三个地方。有一个地方他眼看就要成功了，可是当对方听说他没和自己的父母住在一起的时候，他马上就被拒绝了。

"找工作太难了。"菲尔心想，现在他觉得自己有点想家了。

他决定今天不去找了。他走在热闹的百老汇大道上，思考着明天怎么办。

时值隆冬，人行道上结了一层薄冰。菲尔的前面走着一位老人，他穿着一身高级绒面呢西服，戴着一副金边眼镜，看样子是一个很有社会地位的显赫人物。

老人突然踩在一块隐蔽的冰块上，身体一下子失去平衡，就在他即将倒下的一瞬间，菲尔冲上去把他扶住了。

老先生很艰难地站稳身子，这时菲尔帮他把手杖捡了回来。

"您没事吧，先生？"他关切地问道。

"如果不是你帮忙的话，我就会受伤了，你真是一个好孩

子。"先生说。

"我陪您一起走吧，先生。"

"好的，只要你愿意。也许我不需要你帮忙了，但如果你愿意陪我的话，我会很高兴的。"

"谢谢，先生。"

"你住在城里吗？"

"是的，先生，我到这里来是为了找工作。"

菲尔说这些话的时候，心想："老先生会凭他的影响力来帮助我的。"

"你现在自己赚钱谋生吗？"老先生一边问着，一边又仔细地打量了他一番。

"我暂时还有点钱，可是这些钱用完了我就得出去赚钱。"

"真是不幸。不过男孩子有事做也是件好事，不然会很容易变坏。"

"无论如何，如果能找到一份工作，我就会很高兴，先生。"

"那你去什么地方找过没有？"

菲尔简单描述了一下他找工作时的遭遇。

"对，对，"老先生想了想说，"与父母住在一起的男孩子会更值得信赖。"

两人一直走到第十二街。这是一段很远的路，菲尔都感到有些吃惊，老先生竟然步行而不在百老汇搭车，老先生解释道："花点时间在户外走走对自己身体有好处。"

来到第十二街的时候，他们转了个弯。

"我住在已结了婚的侄女家，"他说，"就在第五大道对面。"

他们来到一座漂亮的四层小楼的门口，前面是用褐色石头砌成的。老先生停下来，告诉菲尔他就住在这里。

"是吗？先生，那我该回去了，再见！"菲尔说完后，转身离去。

"不，不，进来和我一起吃午饭吧。"老先生亲切地说。

原来这位老先生叫奥利佛·卡特，不过现在已不再像过去那么忙于工作了，只是在侄女婿的公司里，做个挂名老板。

"太谢谢了，先生。"菲尔回答。

他相信老先生很乐意他接受这个邀请，再说自己也实在没有拒绝的理由。

"汉娜，"老先生对来开门的佣人说，"告诉女主人我带了一个男孩和我一起吃饭。"

"好的，先生。"汉娜一边回答，一边诧异地打量着菲尔。

"到我房间里来吧，小朋友。"卡特先生说，"你休息一

下，然后我们就去吃饭吧。"

卡特先生在二楼有两间打通的房间，其中一间是卧室。家具豪华而美观，菲尔对城里的房子还不怎么习惯，总觉得这样都太奢侈了。

菲尔洗过脸和手，梳好头发。随后铃声响了一下，于是他跟着自己的这位新朋友下楼吃饭。

菲尔和卡特先生进屋时，一个女人站在炉火旁，她身边还站着一个与菲尔年龄差不多的男孩。女人个子很高，身材苗条，头发淡褐色，一双灰暗的眼睛显得冷漠而阴沉。

"娜维亚，"卡特先生说，"我带了一个小朋友来吃饭。"

"我知道了。"女人回应道，"他以前来过没有？"

"他是第一次来这里。"

"我倒是很想跟他聊聊天，只是还不知道他叫什么名字。"

"他叫……"老先生犹豫了一下，老实说他真的忘了这位小朋友的名字了。

"我叫菲尔·布伦特。"

"请您坐这里吧，菲尔·布伦特先生。"娜维亚·皮特金太太说，皮特金是她的姓。

"好的，谢谢，太太。"

"这么说你是今天上午刚和我姑丈认识的？"她接着问道，

然后自己在餐桌上先坐了下来。

"是的，是他帮了我。"卡特先生替他回答，"我踩到冰块了，身体失去平衡，如果不是菲尔及时扶住我，我就会摔倒。"

"他的心地真善良。"皮特金太太冷冷地说。

"菲尔，"卡特先生说，"我给你介绍一下这是我侄外孙，叫阿隆·皮特金。"

他指着刚才那个男孩。

"你好吗？"阿隆盯着菲尔问道。

"很好，谢谢。"菲尔礼貌地回答。

"那你现在住在哪里？"阿隆提了一个问题。

"我住在第五街。"

"哦，就是在鲍尔雷街附近吧？"

"是的。"

男孩耸耸肩，与母亲交换一下眼色。

第五街是一条并不热闹的街——的确如此，菲尔自己也开始感到自己的住处不是太好，但他现在必须在那里将就住下去。

尽管他住的地方不好，但绝不能说菲尔在餐桌上的表现缺乏教养。在皮特金太太的餐桌旁他显得毫不拘束，简直比阿隆的表现还要出色许多。阿隆吃东西喜欢狼吞虎咽。

皮特金太太望着卡特，接着又问道："您不能自己走回来

吗，奥利佛姑丈？"

"是呀！"

"真不好意思，还麻烦菲尔·布伦特先生送您回来。"

"没事，不麻烦。"菲尔立即回答，可是他马上感觉到自己那么急着插话显得有点唐突。

"是的，我承认自己占用了我这个小朋友的时间是有点自私。"老先生欣慰地笑着说，"不过从他说的话里我能判定他刚才并没有什么重要的事情。"

"那你在哪里工作呢，布伦特先生？"皮特金太太又问道。

"我没有工作，太太。今天上午我就是在外面找工作。"

"以前你在城里住过一段时间吗？"

"从来没有，我是昨天才从乡下来到这里的。"

"我认为，乡下孩子好端端的就离家到城里来找工作，不是一件很好的事情吧！"皮特金太太毫不客气地说。

"也许他是事出有因吧，娜维亚。"卡特先生口头上虽然这么说，但他自己也并不知道菲尔来纽约的原因。

"是的，这个我明白。"皮特金太太回答，她的语调使菲尔怀疑她认为自己在家里惹上了什么麻烦，才来到这里的。

"其实，我们也无法准确判断所有人。既然菲尔先生来到了这个城市，我希望他有一个好的开始。"

午餐，在纽约通常很简单，很快就吃完了。这时卡特先生又请菲尔到自己的房间。

"菲尔，我是想和你谈谈有关你前途的问题。"他说。

等他们两人离开后，皮特金母子沉默了一下，然后皮特金太太说："阿隆，我很不喜欢这样的场面。"

"为什么您不喜欢呢，妈妈？"

"你姑爷爷把那个男孩带回家，这太反常了，他怎么突然对一个完全陌生的人产生了兴趣。"

"您是不是认为姑爷爷会给他钱呢？"阿隆很关心地问道。

"我不知道结果会怎样，隆尼（阿隆的昵称），但现在看起来好像很不妙。这样的事以前也发生过。"

"如果是那样的话，我就会在那小子脑袋上捶几拳。"阿隆马上充满了敌意，"姑爷爷的钱应该都是我们的。"

"是啊！应该是我们的。"他母亲说。

"我们得注意一点，千万别让那小子占了姑爷爷的便宜。"

如果菲尔听到这些谈话，不知道他会多么的吃惊。

第6章

老先生真够朋友

　　老先生坐在一把扶手椅上，并指着另一把小摇椅让菲尔坐下。

　　"我想你离家出走一定是有苦衷的，菲尔。"卡特先生说，他用一双敏锐但友好的眼睛注视着菲尔。

　　"对，我的确有自己的苦衷，先生。自从我父亲去世后，那个家就不再属于我了。"

"这么说你还有个继母？"老先生精明地问。

"是的，先生。"

"那还有别人吗？"

"她还有一个儿子。"

"看来你们合不来吧？"

"您好像什么都知道，先生。"菲尔吃惊地说。

"我不过是多懂得一些人情世故罢了。"

菲尔忽然觉得卡特先生好像什么都知道。他不知道老先生是否还知道其他事情——是否能猜测到布伦特太太告诉自己的那个天大的秘密。我应该把这件事告诉老先生吗？最后他决定还是等等再说，卡特先生虽然很友好，但对自己来说毕竟还是比较陌生的。

"哦，是这样。"老先生继续说，"你的情况我不太了解。离家出走可是很重要的人生抉择，你看起来并不像一个不经充分考虑就盲目出走的孩子。接下来我得想办法看怎样才能帮助你。"

菲尔听到这些话后立刻有了精神。卡特先生显然是个有钱人，只要他愿意帮忙，就一定能办到。菲尔打算听听这位新朋友怎么说，所以他保持着沉默。

"你现在很想找份工作。"卡特先生接着说，"那么，你觉

得自己适合做什么呢？"

"我不知道。"

"你书读得怎么样？"

"还行吧！先生，我懂一些拉丁语和法语。"

"写字漂亮吗？"

"我现在写给您看看行吗，先生？"

"行，就在我的桌上写几行吧！"

菲尔写完后站起来把纸递给了卡特先生。

"写得不错。"老先生赞许地说。

"这就是你的一大优势了。你会算账吗？"

"会，先生。"

"如果是这样那就更好了。"

"你坐下吧！"他又说，"那么我告诉你一笔款项，你算算利息，看行不行。"

菲尔又重新坐在椅子上。

"如果年利息是8.5%，845.6美元4年零3个月12天的利息应该是多少？"

菲尔拿起笔飞快地算了5分钟，然后得出了结果。

"你把纸张递给我看看，我马上告诉你算得对不对。"

老先生本人对数字确实很在行，他只看了一眼，非常高兴地说："对，完全正确，你真是个聪明的孩子。"

"谢谢，先生。"菲尔说，他心里感到自豪。

"你能找到一个好工作的。"

菲尔很专心地听着。

"对，就这样，"卡特先生说，看起来像是自言自语，"我得让皮特金雇用他。"

菲尔知道他刚才见到的那个女人叫皮特金，因此他判断卡特先生所说的皮特金应该是她的丈夫。

"真希望他比他妻子更容易相处。"菲尔心想。

"就这样吧！菲尔，"卡特先生说，他显然已经做出了某种决定，"我会尽力让你今天就能得到一份工作的。"

"太感谢您了，先生。"菲尔高兴地说。

"我曾经跟你说过，我和侄女婿一起做生意，我们合伙，我们做各式各样的海运业务，公司就在富兰克林街。我写封信给他，他会给你一份工作的。"

"谢谢，先生。"

"你稍等一下，我现在就去写信。"

5分钟后，菲尔拿着介绍信向商业区走去。

菲尔走到一座宏伟的商业建筑前面停下了。

大楼前面挂着一块醒目的招牌：

埃诺克——皮特金公司

走到大门口后，他看到还有另一个标志，他发现自己要找的
公司在二楼。

他爬到二楼，打开一扇门，走进办公室里。有许多职员往来
穿梭，计算器和许多办公用具堆放在一起，看起来这里工作很忙
碌。

离他站的地方最近的是一个十八九岁的年轻人，他刚刚长出
草黄色的胡须，头发是亚麻色。他系了一条色彩鲜艳的领带，穿
着一身极其时髦的衣服。

菲尔站在那里犹豫地看着他。

年轻人注意到了，关切地问道："你好，请问我能帮你什么
吗，孩子？"

他比菲尔还大不到3岁，竟然这样称呼他，实在让菲尔有些受
不了。

"请问皮特金先生在吗？"他问。

"我想在吧！"

"能不能让我见见他呢？"

"我没有意见。"年轻人像开玩笑似的回答。

"他在哪里？"

年轻人指了指尽头的一间办公室。

"谢谢。"菲尔朝着那间办公室走去。

他来到门口，房门半开着，他朝里面看了一下。

只见一个小个子男人坐在办公椅上，身体直挺挺的，样子很神气。他不会超过45岁，但看起来好像老很多，脸上已经有了皱纹。

"请问您是皮特金先生吗？"菲尔问道。

"你有什么事吗？"小个子男人说，本能地皱起了眉头。

"先生，我给您带来一封信。"

菲尔走过去把信交给皮特金先生。

皮特金先生很快打开信，信上写着：

带信给你的这个男孩今天上午帮助了我。他想要找份工作。他受的教育看起来还很不错，如果你暂时不能给他更好的工作的话，就让他跑跑腿也行。我保证他会让你非常满意的。你可以派他去邮局或其他部门办些琐碎的杂事。每周付给他5美元，费用由我承担。

真诚的奥利佛·卡特

皮特金先生看信时眉头皱得越来越紧。

　　他低声哼了一下，不过被菲尔听见了。"奥利佛姑丈一定是疯了。"他一下子转向菲尔，咬着牙问道："你叫什么名字？"

　　"我叫菲尔·布伦特。"

　　"你是什么时候遇到给你这封信的先生的？"

　　菲尔把经过告诉了他。

　　"那你知道信里写的内容吗？"

　　"大概是要求您给我一份工作，先生。"

　　"你看过这封信了？"

　　"没有。"菲尔有些生气地回答。

　　"哼！他要我让你做听差。"

　　"我会尽量让您满意，先生。"

　　"那你什么时候可以开始工作？"

　　"越快越好，先生。"

　　"那你明天早上来，先到我这里报到。"

　　"又是奥利佛姑丈的怪念头！"只见他嘟哝道，身子转到一边，好像是在告诉菲尔会面结束了。

第 **7** 章

第一天上班

　　菲尔第二天早上准时来到富兰克林街的公司。他从一个方向走来，昨天在公司里见到的年轻人正好从对面走来。年轻人表现出很惊讶的样子。

　　"嗨，小家伙！"他问，"你怎么又来了。"

　　"我来工作呀！"菲尔回答。

　　"你要买下这家公司？"年轻人开玩笑似的问。

"今天不。"

"那你就改天买好了。"年轻人笑着说，好像自己的话很风趣似的。

菲尔还不知道这种说话方式在当时十分流行，所以他并没有笑。

"我想你应该是一个教徒吧？"年轻人问道，他止住笑声，表情突然严肃起来。

"你为什么要这样问？"

"因为我从来没见你笑过。"

"如果发现有什么可笑的事情，我也会笑得很开心的。"

"喂，你不要那么严肃嘛。说实话，你是来和我们谈生意的吧？"

看到一个微不足道的小职员动不动就"我们、我们"的，真的是挺有趣的。他似乎是在暗示自己与这家公司是融为一体的，这一点倒也没有什么。

"我现在要在这里工作了。"菲尔简单地回答。

"你要在这里工作！"威尔伯先生惊奇地重复道，"是老皮特金雇用你的？"

"是皮特金先生昨天雇用我的。"菲尔回答。

"我还真不知道他需要一个男孩。那你做什么工作呢？"

"跑邮局、银行等等。"

"这么说就是做听差了？"

"是的。"

"我以前也是从听差开始做起的。"威尔伯先生又带几分自豪了。

"你现在是做什么工作的？"

"现在做销售员。我可不愿再做原来的工作了。你的薪资是多少呢？"

"5美元。"

"一周5美元！"

"喂，你不是在开玩笑吧！"威尔伯先生吃惊道。

"你为什么这么说？难道这很不正常吗？"

"我敢说的确是很不正常的。"威尔伯先生一字一顿地回答。

"你做听差时没赚这么多钱吗？"

"当时我只赚2美元50美分。皮特金告诉你，他会每周付给你5美元吗？"

"不是的，是卡特先生这么说的。"

"那个老先生？皮特金先生的姑丈？"

"是的。就是他要求皮特金先生雇用我的。"

"真丢人！"他开口说。

"什么丢人，你是指他们给我的5美元周薪吗？"

"当然不是，我是指我的周薪只比你一个听差的多1美元。我每周做的工作绝对价值10美元，可是那老头却只给我6美元，这连买手套和抽烟都不够。"

"难道他就不愿多给你一点吗？"

"他当然不愿意。上个月我才要求他提高一点薪资，他说如果我不满意的话可以走人。"

"你没这么做？"

"暂时还没有，但我很快就会这样做的。我要让老皮特金知道他给的这一点点薪资根本留不住像我这样经验丰富的人。"

菲尔并不想笑，可是当威尔伯先生自称经验丰富时，他还是忍不住笑了出来。

"我们现在最好上楼去吧？"菲尔问。

"好的，你跟我来。"威尔伯先生说，"我带你去主管办公室。"

"我得先向皮特金先生本人报到！"

"他要过一会儿才会到的。"威尔伯说。

可是就在这时，皮特金先生出现了，比平常足足早了半小时。

菲尔用手指碰一下帽檐礼貌地说："早安，先生。"

"早安！"老板回答道，目光严厉地盯着他，"你不是我昨天雇用的那个男孩吗？"

"是的，先生。"

"你到楼上来吧！"

菲尔跟着皮特金先生上了楼，一起穿过销售部的办公室。

"我希望你能明白，"皮特金先生毫不客气地说，"我雇你完全是因为卡特先生的要求，为了满足他。"

"我对卡特先生很感激。"菲尔说。

"我对你一无所知，你也没有任何在城里工作的经验，我本人肯定是不会雇用你的。"

"但愿我不会让你失望。"菲尔说。

"希望如此。"皮特金先生回答。

菲尔开始有些不安了。看来很明显，无论他做什么都会有人对他百般挑剔，这当然令人不快。

皮特金先生在一张办公桌前停下来，对一个头发带灰色的矮胖男人说：

"山德逊先生，这是新来的听差，小家伙，你叫什么名字？"

"我叫菲尔·布伦特。"

"你可以分派一些工作给他做。邮件来了没有？"

"还没有，还没派人去邮局。"

"你可以马上派这个孩子去。"

山德逊先生递给菲尔一把从桌上拿来的钥匙。

"这是我们信箱的钥匙，"他说，"注意信箱号码——534，你去把邮件取回来。别在路上闲逛。"

"好的，先生。"

菲尔拿起钥匙就离开了公司。来到街上时他自言自语："邮局在什么地方呢？"

他不想对山德逊先生说自己不知道邮局在哪里，那会让人觉得他不能胜任工作。

他心想："现在最好往百老汇去，我想邮局一定在主干道上。"

可是菲尔弄错了。当时邮局在纳色街的一座老教堂里，教堂现在成了邮局，与最初修建时的用途真是大相径庭。

当菲尔来到百老汇时，一个脸上虽然肮脏却显得诚实的擦鞋童向他打着招呼。

他微笑着对他说："擦皮鞋吗，先生？"

"我今天上午不擦。"

"那就改天上午来擦吧？"

"好的。"菲尔回答。

"真的很遗憾你没让我开张。"擦鞋童说，"今天又该缴税了，可是我到现在还没赚够税金呢！"

菲尔觉得很有意思，因为他看起来根本不像一个纳税人。

"你需要缴很多税吗？"他问。

"是的，1000美元或更少。"

"我想肯定是更少吧！"菲尔说。

"你的确很聪明，年轻人。"

"这里离邮局远吗？"

"半英里多。"

"是在这条街上吗？"

"不是，在纳色街。"

"如果你带我去的话，我可以给你10美分。"

"好吧！走走路对我也有好处。那就走吧！"

"你叫什么名字？"菲尔问，他觉得眼前这个新认识的人很有趣。

"小伙伴们都叫我'穿破衣服的迪克'。"

"这名字挺有趣的。"菲尔说。

"我会努力不辜负这个有趣的名字的。"迪克滑稽地看一眼自己破旧的衣服，这衣服最初的主人是一个身高6英尺的男人。

他把箱子挂在肩膀上，带着菲尔向老邮局走去。

菲尔继续和"穿破衣服的迪克"聊着，对他的语言风格产生了很大兴趣。

他们走到默雷街时，迪克说："你跟着我，我们抄近路从'市政厅公园'过去。"

很快地来到一座破旧的建筑前。

这时，有一个年轻人正从邮局里出来，和菲尔碰了个照面就走过去了。

他一下子想起那个人就是在列车上认识的莱昂内尔·雷克。于是他赶紧走上去抓住他的手臂。

雷克先生手里拿着几个信封，不禁吃了一惊，转过身来。

他也认出了菲尔，但却装出不认识的样子。

"你拉着我想做什么，小子？"他傲慢地问。

"我只想和你说句话，雷克先生。"

"你认错人了。"他说，"我根本就不叫雷克。"

"这也很有可能，"菲尔充满讥讽地说，"不过这是我们在列车上认识的时候，你自己告诉我的。"

"我现在再说一遍，小子，你认错人了。我的名字叫……"他稍微停顿了一下，"约翰·蒙格马利。"

"随便你叫什么。但是不管你现在叫什么，我和你有点小问题要解决。”

“我有急事，我不能待在这里。”雷克说。

“好吧，那么我就简短些。你曾经用一枚戒指作抵押向我借过5美元，可是我后来才知道戒指是你偷的。我要你现在把钱还我。”

雷克先生不希望别人听见菲尔的话，他紧张地看看周围。

“我想你一定是疯了！”他说，“我有生以来就从没见过你。”

他极力想挣脱菲尔，并抓着他的一只手，想赶紧离开这里，但菲尔斩钉截铁地说：“你不能骗我，雷克先生。你快把钱还我，要不然我叫警察了。”

刚好这时有个警察从旁边经过，雷克看见了他。

“这真是无耻的敲诈！”他说，“可是我现在有个重要约会，没工夫跟你纠缠。我把钱给你，就算是我施舍给你的吧！”

菲尔高兴地接过钞票装进衣袋，放开了雷克先生，来到迪克旁边。迪克一直盯着他，饶有兴趣地看着两人见面的经过。

“你很有勇气。”迪克说，“可是这是怎么回事？”

菲尔告诉他事情的经过。

“一点也不奇怪。”迪克说，“这个人一看就知道是个骗子。”

"没事了，不管怎样，我和他扯平了。"菲尔说。

"谢谢你为我带路。现在我要回公司去了。给你25美分。"

"可是你刚刚是说给我10美分。"

"我认为值25美分。希望我们后会有期。"

"那我们下次就在阿斯特的聚会上见。"迪克说，咧嘴笑起来，"我的请柬明天送来。"

"我的请柬还没送来呢！"菲尔笑着说。

"也许明天就送来了。"

"看得出他是个不寻常的小子。"菲尔想，"他应该做点别的什么事，而不只是擦擦皮鞋。我希望他有幸能如愿以偿。"

因为遇到雷克先生，菲尔的时间被耽搁了，但他回去时走得很快，终于把时间给补回来了，及时赶回公司。他把信件交给公司后，又被派出去办另一件事，一整天都没有空闲的时候。

菲尔这边我们暂且先不说，现在我们回过头来看看皮特金一家，听听皮特金先生和太太的谈话。

"奥利佛姑丈越来越奇怪了。"太太说，"他今天竟然带了一个他在街上偶然认识的男孩来家里吃午饭。"

"你说的是不是一个叫菲尔·布伦特的孩子？"皮特金问道。

"是的，就是这个孩子。你是怎么知道的？"太太吃惊地问。

"他已经被我雇用为听差了。"

"什么？！为什么会这样？"皮特金太太叫道。

"我有什么办法。他带了一封你姑丈的信，姑丈说薪资由他承担，要求我雇用他。"

"这件事越来越严重了。"皮特金太太懊恼地说，"如果他真的喜欢上那个小子，应该怎么办呢？"

"他现在好像已经喜欢上他啦！"她丈夫没好气地说。

"我想说的是，他会不会收养那个孩子呢？"

"你想太多了，娜维亚。"

"这样的事随处可见。"太太边说边点头，"如果真是那样，隆尼可就完了。"

"即使真的是那样，我们的隆尼也不会流落街头的。"

"皮特金先生，你难道没想到这其中的危险。奥利佛姑丈的25万美元的财产，应该是属于我们的。"

"应该是这样的啊！"

"我们一定要阻止他，别让他把钱全都留给那个孩子。"

"你想怎么办？"

"把那个孩子辞掉，然后对姑丈说他不适任就行了。"

"唉！这样的话，我还需要一点时间。我是没有问题，但要挑出他的毛病的确很难。他是个可靠的孩子。"

"但我觉得他是一个非常狡猾的小孩。"皮特金太太生气地说，"他会尽力去讨好奥利佛姑丈。"

看得出来皮特金太太是有天赋的（这也可以被称为天赋的话），她的疑心很重。她贪婪、吝啬，根本容忍不了姑丈把钱留给外人。的确，还有一个与奥利佛姑丈的亲戚关系同样近的人，就是她的表姐。因为她嫁给一个贫穷的簿记员，与亲戚们疏远了，后来家迁到米尔沃基市。她的名字，皮特金一家从未提起，皮特金太太仗着她们之间存在的隔阂，认为表姐没有什么威胁。但如果她知道表姐瑞贝卡·福布什现在也在纽约，而且已经变成了一个拖着孩子的寡妇，她只能靠做缝纫、出租房屋为生，恐怕她就不会这么安心了。她做梦也没想到她视为眼中钉的小听差就在第二天认识了那位受到蔑视的亲戚。

事情是这样的。

第五街的那间屋子，菲尔很快就厌烦了。它很不整洁，让他觉得住在那里很不舒服。另外他发现那些餐厅虽然便宜，但几乎快把他所有薪水花光了，而且还不太好吃。

有一次，他正好穿过第十三街附近第二大道和第三大道之间的一条小街。

沿街有好多三四层楼的房屋，还有一栋木板屋，两层楼附带一个地下室，只见门口的招牌上写着"欢迎绅士食宿"。他也见过这样的招牌，这时一个像房东模样的妇女走进屋里，菲尔立刻被吸引住了。这女人让菲尔想起自己的母亲。

"我喜欢和这个像自己母亲的人住在一起。"菲尔想到这里，不由得激动起来，女人刚进去，他就按响了门铃。

那个女人立即打开了门。

菲尔仿佛觉得他正看着自己母亲的面容，用颤抖的声音问："您要出租房间吗？"

"对呀，请进来吧！"女人说。

屋内摆设简单、朴素，但看起来却有一种出乎意料的整洁。其实，穷人也可区分为可敬和卑鄙的，两者差别很大。菲尔发现他所在的这间小房子真是太好了。

"我想找一个住的地方。"菲尔说，"但是房租太高我可付不起。"

"这样简陋的条件我也不会要高价呀！"福布什夫人说，"你想找什么样的房间？"

"我只需要一个小房间就行了。"

"好的，在楼梯顶端有一间走廊小卧室。你想上去看看吗？"

"好吧！我去看一看。"

福布什夫人带着菲尔爬上一个狭窄的楼梯。

她打开那个小房间，里面有一张整洁的床，一把椅子，一个脸盆架，还有一些挂衣服的钩子。屋子的确很简陋，不过比他现在的住处整洁很多。

"我喜欢这个房间。"菲尔高兴地说着，"包吃需要多少钱？"

"4美元，包括早餐和晚餐。"福布什夫人回答，"午饭就由你自己解决了。"

"挺好的。"菲尔说，"我在商业区工作，也不可能回来吃午饭。"

"你打算什么时候搬过来呢？还有，先生，我该怎么称呼你呢？"寡妇问道。

"菲尔·布伦特。"

"哦，菲尔·布伦特先生。"

"我明天找个时间过来吧！"

"通常我要先收一点订金，这样就保证了要租房子的人能按时过来，但是我绝对相信你。"

"谢谢，我还是会按照您的规矩来办理。"菲尔说着，从口袋里取出一张2美元交给寡妇。

就这样双方很愉快地告别了。菲尔现在住的地方还有几天才到期，但是他对那里已经厌烦了，觉得搬到福布什夫人那里会更舒适。所以他宁愿在经济上做出一点牺牲。

他和福布什夫人的那些谈话只用了5分钟，并没耽搁菲尔多少时间——他当时正好离开公司出来办事。

第二天，菲尔便搬到了新的住处，还在这里吃了晚饭。

这里还有三个和他一样的人，其中有第三大道一家公司的年轻销售员和他妻子，他们住在菲尔那层楼上的一个正方形房间。另外一位是在市里一所公立学校教书的女教师。还有一个剩下的房间由一名旅行推销员住着，他一出差往往就是几天。这就是这里的大概情况，不过菲尔的注意力被一个14岁的女孩夺走了，女孩叫朱丽娅·福布什，可爱又迷人，原来她就是福布什夫人的女儿。她也常常注视着菲尔——菲尔是一个很英俊的男孩，自然会引起女孩子们的注意。

总之，住在这里的人心情都很好，也善于交往，相处得十分融洽。这使菲尔觉得自己找到了一个家。

第二天上班时，菲尔正在威尔伯的旁边忙着，只听见威尔伯说："看，卡特先生到公司里来了！"

奥利佛·卡特先生没有直接朝皮特金先生的办公室走去，而是来到菲尔工作的地方。

他亲切地问："你感觉怎么样，我的小朋友？"

"很好，谢谢您，先生。"

"你觉得工作累吗？"

"哦，不会的，先生。"

"那就好。你认真工作，就会赢得老板的信任。记得经常来看我。"

"谢谢，先生。"

"看来你和卡特先生的关系很好呀！"威尔伯先生说。

"是的，我们的关系一直都很好。"菲尔笑着回答。

"如果你能把我介绍给他就好了。"威尔伯先生说，"他通常不来公司，即使来了，也直接到办公室，职员们几乎没有机会和他认识。"

"我也不想自己太冒昧了。"菲尔说。

"哦，那你就把他留给你自己吧！"威尔伯先生生气地说。

"我不会那样做的。如果有机会的话，我会把你介绍给他的。"

威尔伯先生听了这些话得到了安慰，又变得和颜悦色起来。

快下班时，威尔伯先生对他说："菲尔，今晚到我住的地方去看看吧？"

菲尔高兴地答道："好呀！"

菲尔觉得自己每天晚上的时间很不好打发，便高兴地接受了他的邀请。

"那就这样决定了。到时候我还要告诉你一个秘密。"

"你住在哪里？"菲尔问。

"我现在住在东二十二街。"

"记住了，我7点半到你那里。"

威尔伯住的房子虽然比菲尔大，但菲尔还是不喜欢。里面只有一把椅子，威尔伯先生让菲尔坐下来，自己则坐到床上。

威尔伯神秘兮兮地清了嗓子，然后对菲尔说："我要告诉你一个秘密。"

这使菲尔感到十分好奇，他表现出很愿意听的样子。

"最近这段时间我一直想要交个朋友。"威尔伯先生说，"不熟的人我又信不过，因为这件事很难办。"

菲尔听得很认真，对这事越来越感兴趣了。

"如果你不介意的话，我很愿意做你的朋友。"菲尔说。

"菲尔，"威尔伯先生用悲凉的语调说，"如果我恋爱了，你是不是会很惊讶呢？"

菲尔吃了一惊，他想笑，但威尔伯先生严肃、认真的表情又使他忍住了。

"你不是还很年轻吗？"他不解地问。

"不是的，我已经19岁了。"威尔伯先生回答，"感情是不在乎年龄的。"

菲尔不知道这句话是他自己原创的还是听别人说的。

"你已经恋爱多久了？"菲尔问。

"有三个星期了。"

"对方知道吗？"

"她还不知道吧！"威尔伯回答，"我连话也没和她说过，只是悄悄地爱慕她。"

"这么说，你们的感情还没开始？"

"是的。"

"你们第一次相遇是在哪里？"

"是在百老汇的一个车站。"

"那她叫什么名字？"

"到现在我还不知道呢！"

"你对她并不很了解？"

"是的，我只知道她住在哪里。"

"住在哪里呢？"

"在列克星顿大道。"

"你知道具体位置吗？"

"在第二十九街和第三十街之间。你想去看她住的地方吗？"

　　"想。"菲尔回答，他知道威尔伯先生也会这样回答。

　　"那我们现在就去吧！也许我们会看见她。"

第 8 章

算 命

两个男孩朝着北面的列克星顿大道走去。

他们来到第二十八街,这时大道旁一间房子的门突然打开,从里面走出一个女孩。

"快看,就是她!"威尔伯先生抓住菲尔的手臂脱口而出。

菲尔发现那位小姐个子很高,比威尔伯先生还高三四英寸,并且年龄也很大。他吃惊地看着威尔伯。

"她就是你所爱的女孩？"他问。

"是的，难道你看不出来她很漂亮吗？"恋爱中的威尔伯热切地问。

"我不太会判断美女。"菲尔回答得有点为难，因为这位女孩脸部宽大，在他眼里根本称不上美女。

菲尔不愿伤害同事的感情，强行克制着自己不笑出来。

"那女孩好像并不认识你。"菲尔说。

"是不认识。"威尔伯先生说。

"你觉得那个大美女会对你产生好感？"菲尔问，他表面看起来很认真，但内心却感到有趣。

"我会有许多办法把女孩子们吸引住。"威尔伯先生得意地回答。

菲尔假装咳嗽一声，才勉强没笑出声。

正当他这样努力克制自己的时候，女孩手里的皮包不小心掉在地上。两个男孩正紧跟在她后面，这时候威尔伯先生像离弦的箭一样冲上去，拾起皮包，把它交给大美女，很优雅地鞠了一下躬，露出迷人的微笑，说："你好，小姐，我想这皮包是你掉在地上的吧！"

"谢谢你，好孩子。"大美女高兴地对威尔伯说。

威尔伯先生好像当头挨了一棒似的，摇晃着身体后退。

"菲尔,你听见她说什么了吗?"他沉着地问。

"她叫你小男孩,是吧?"

"是呀!"威尔伯先生十分伤感地回答。

"可能她是个近视眼吧。"菲尔安慰地说。

"你也是这样认为吗?"威尔伯先生问。

"应该是这样。你知道你自己个子也不高。"

"是呀,一定是这样!"威尔伯先生说,并显得平静多了,"不然的话她就会注意到我的胡子了。"

"是的。"

"她的语气很温柔。要是她知道我有多大的话,事情就会不一样,对吧?"

"是的,我也是这样想的。"

"目前我只有一个办法了。"威尔伯先生说。

"有什么办法?"菲尔十分好奇地问道。

"我必须戴一顶大礼帽!那样的话我就会显得成熟些,她就不会认为我很小了。"

"没错,我也是这么想的。"

"然后我再和她认识,那她就不会错看我了。菲尔,你怎么不戴大礼帽?"

"我并不想显得比实际年龄大。再说,一个听差戴顶大礼帽看起来好像不太好。"

"的确不太好。"

"我想你一定会很喜欢的。"

"当然。等你跟我一样做销售员的时候，你就跟现在不同了。"

威尔伯先生又开始像先前一样得意了。

"我看你该不会现在就有结婚的念头吧？"菲尔说，"一对夫妻就靠周薪6美元过日子，一定很艰难的。"

"不会的，公司会给我加薪的。职员结婚的时候他们按惯例就应该这样。另外，我还有一些其他收入来源呢！"

"真的吗？"

"真的，我还有20000美元财产，是姑妈留给我的，她现在帮我保管着，等我21岁时再给我。现在我拿利息。"

"祝贺你。"菲尔说。

"钱会很容易到手的。"

"另外，我希望她也有钱。"威尔伯先生继续说，"当然我不是一个唯利是图的人，我是爱她的。如果我们结婚的话，钱多一点的话肯定是最好的。"

"没错。"菲尔说，他对威尔伯先生谈到与一个自己还一无所知的女孩结婚时的那种自信态度，感到十分有趣。

"菲尔，"威尔伯先生说，"我结婚时想请你当我的伴郎。"

"到那时候如果我还在纽约的话，你给我买一件燕尾服，我也许会同意的。"

威尔伯先生激动地说："谢谢。你真够朋友！"

回到威尔伯先生房间两人又聊了一会儿，然后菲尔就早早回到自己的住处。

时间慢慢流逝，菲尔和威尔伯下班后在一起的时候逐渐多了起来。威尔伯先生有时很滑稽，他还是一个不错的年轻人，菲尔很喜欢和他做朋友。有时他们也去参加一些需要花钱的娱乐。

有一天，威尔伯先生向他提出一个令人奇怪的建议。

"你看我们去算命怎么样，菲尔？"他问。

"如果真的能帮助或者改善我的命运的话，我倒没什么意见。"菲尔微笑着说。

"我很想知道自己将来的命运是怎样的。"威尔伯说。

"算命先生真的会比我们更了解自己的命运吗？"菲尔质疑道。

"他们讲得都很玄妙。"威尔伯说。

"我的姑妈曾经到算命先生那里去算命，问她是否会结婚，可能在什么时候结婚。算命先生说她在22岁前会嫁给一个皮肤白皙的高个子男人。"

"结果真的是那样吗？"菲尔问。

"是的，他说得很准。"威尔伯先生认真地说，"我姑妈在22岁前就结了婚，丈夫跟算命先生说的一模一样。这不是很神奇吗？"

"算命先生很容易推算出那些事的。因为大多数女孩都是在那个年龄层结婚的。"

"可是不一定就是嫁给皮肤白皙的高个子男人呀！"威尔伯得意地说。

"是不是因为你有特别想知道的事，所以你才打算去算命的？"菲尔问。

"是的，我想知道自己将来是否会娶她。"

"那个大美女吗？"

"没错。"菲尔虽然不太赞成他这么做，不过最终还是同意了。

一天傍晚，他们打算一起去找那个算命先生。

有人把他们带进一间接待室，他们在那里等了一会儿，然后威尔伯先生进入那个吉凶未卜的场所。他有些紧张和不安，他本来想让菲尔一起进去的，但接待人员说夫人不允许那样，于是他只好独自进去了。

15分钟后他再次回到屋里的时候，变得容光焕发。

"看你的样子是听到好消息啦？"菲尔问。

威尔伯先生拼命地点头，对菲尔耳语道："对。我会和她结婚的。"

"那个算命先生也是这样说的？"

"是呀！"

"他提到了那个女孩的名字了吗？"

"没有提到，不过根据算命先生描绘的模样我就知道一定是她。"

"你们很快就会结婚了吧？"菲尔狡猾地问。

"他说要等到我24岁的时候。"威尔伯先生严肃地回答，"不过也许这点他弄错了，他肯定以为我的年龄比实际年龄还要大，所以才那么说的。"

"这么说你还是怀疑他的预言？"

"也不是。我相信自己能够等得到，既然她最终是属于我的。我一定会富有起来的，他还说30岁时我会有2万美元。"

"祝贺你，威尔伯，你现在可以安心了。"菲尔微笑着说。

"下一位先生！"接待人员说。

菲尔走进内室，好奇地环顾周围。

一个高个子女人一只手搁在桌上，坐在宝座一般的椅子上，房间里点着一支细长的蜡烛照着房间，房间刻意用又厚又黑的帘子隔开。女人戴着一条黑面纱，显得很神秘的样子。

她用清晰的声音说："过来，孩子！"

菲尔走上前去，在这种气氛下，虽然还是有点半信半疑，但是他心里并没有完全被触动。

女人微微弯下身，亲切地观察着他的面容。

"你希望听过去的事还是将来的事？"她问道。

"你先说说我的过去吧！"菲尔想试试这个算命女人的判断是否准确。

"你是义无反顾地离家出走的，你离开了一个令人厌烦的家庭到纽约来寻求发展，而家里的人也并不挂念你。"

听到这些，菲尔不禁感到惊讶。"那么我会找到发展的机会吗？"菲尔认真地问。

"你会找到的，但不会像你想象的那样。你认为自己在这个世上是孤单一人吗？"

算命女人用搜寻的眼光看着菲尔。

"我现在的确是孤单一人呀！"菲尔回答。

"一个孩子只要父亲还在世就不能说自己是孤儿的。"

"可是我父亲已经死了！"菲尔怀疑地说着。

"你弄错了。"

"这件事我是不可能弄错的。"菲尔坚决地说，"我父亲几个月前就死了。"

算命女人尖锐地说："你父亲还活着！"

"我真不明白您为什么会这样说，我是亲自参加了父亲的葬礼的。"

"你参加的那个葬礼是你现在姓的父亲的葬礼。他不是你的亲生父亲。"

继母讲的事，现在得到了确认，菲尔感到轻松许多。之前他对此事相当怀疑，认为那大概是布伦特太太编造出来的，目的是为了阻止他继承布伦特先生的任何财产，才把他赶出家门的。

"我不是布伦特先生的儿子，难道我继母说的是真的？"他屏住呼吸问道。

"是的。"算命女人说。

"那，我亲生父亲是谁呢？"

算命女人没直接回答。她似乎凝视着远方，然后缓缓说："我看见一个中等身材、皮肤黝黑的男人，牵着一个小孩，他站在一家旅馆前。一个面目和善的女人走出来，她牵着孩子的手把他带进旅馆里。现在我看见那个男子走了——独自一个人走的，把小孩留下了。我看见那个小孩长大了，变成一个大男孩，不过这时情景变了。旅馆消失了，现在又出现在一栋舒适的房屋里。

即将成年的男孩站在门口，一个女人站在门槛上，看见他走开。她身体瘦小，脸部干瘪，不像以前那个面目和善的女人。"

"你能告诉我那个男孩是谁吗？"算命女人直盯着菲尔问。

"那是我！"菲尔回答。

"这可是你自己说的哟！"

"虽然我不明白您是怎么知道这一切的，"菲尔说，"您愿意回答我一个问题吗？"

"你问吧！"

"刚才您说我父亲现在还活着？"

算命女人点了点头。

"请问他现在在哪里？"

"这个我就无法告诉你了，不过我知道他正在找你。"

"你说他在找我？"

"是的。"

"过了这么久他为什么不来找我？"

"有些情况我是无法解释的，总之很多因素使他不能及时来找你。"

"他现在会来找我吗？"

"我说过他现在正在找你，我想他最终会成功的。"

"我能做些什么，让他能够快点找到我吗？"

"你什么也不用做！顺其自然。情况对你有利，不过你要耐心等上一段时间，而且还会有一些小麻烦。"

"还会遇到什么麻烦？"

"你现在有两个死对头，也可以说是一个，因为另一个并不怎么重要。"

"对方是男的吗？"

"是女的。"

"是布伦特太太！"菲尔肯定地说。

"是的。"

"还有一个是谁？"

"一个男孩。"

"乔纳斯？"

"是的。"

"他们能给我带来什么伤害呢？我并不怕他们。"

菲尔一边说着，一边挺起了胸膛。

"那些卑鄙的家伙是很会耍阴谋的。布伦特太太不喜欢你，这个你知道。"

"她怕我对她儿子不利。"

"是的。"

菲尔问："我还有其他对手吗？"

"是的，还有两个，也是一个女人和她儿子。"

"我想不出会是谁。"

"他们就住在城里。"

"我知道了，是皮特金太太。她为什么不喜欢我呢？"

"有一个老人喜欢你呀！这就是原因。"

"我明白了。她不想让这位老人对其他人好。"

"是这样的。"算命女人突然大声说道，"你可以走了！"

菲尔说："能告诉我您怎么会对一个陌生人了解这么多呢？"

"就到这里吧！你可以走了！"算命女人似乎有些不耐烦地说。

"我应该给您多少钱呢？"

"我不收你的钱。"

"可是我觉得您应该是要收费的。"

"对你不收。"

"我刚才的那个朋友您也没收吗？"

"收了。"

"您说他的命好。"

"他是个傻瓜！"算命女人轻蔑地说，"我知道他想得到什么，就跟他说了一些他想听的话。"

她挥了挥手，菲尔只好慢慢地离开了屋子——他发现威尔伯先生焦急地等着他。

"她跟你说什么了，菲尔？"威尔伯热切地问道，"告诉你会娶什么样的妻子没有？"

"没有，我没问她这个问题。"菲尔微笑着说。

"那她告诉你什么？"

"她说了很多关于我过去的事情。"

"我才不关心那些呢！"威尔伯说，"我想了解的是，我是否能娶到那位女孩。"

"可是你知道，威尔伯，我又没爱上哪位女孩。我不像你那样容易坠入情网。"

"当然不一样了。"威尔伯说，"我很高兴没有白来。菲尔，你呢？"

"我也很高兴。"菲尔慢慢回答。

"瞧，这多么让人满意啊！我会娶她的，你知道，尽管要等到24岁。"

"那时她恐怕都快30岁了。"菲尔说。

"她看起来不会那么老的！"威尔伯先生说，但显得有些迟疑了，"我30岁时将会拥有2万美元。"

"凭你周薪6美元，不可能存那么多的。

"算命女人提过你会发财的事没有？"

"没有。哦，对啦！她说我会很幸运，但不是我想象的那样。"

"真是奇怪！"威尔伯先生好像很感兴趣，"这到底是什么意思？"

"我想她是指我靠周薪5美元不可能积蓄到足以过温饱生活的钱。"

"也许是这样。"

第 9 章

天降大运

现在我们还是回到那个曾是菲尔的家乡小镇去看看吧！

布伦特太太此时正坐在小屋里忙着做针线。

乔纳斯突然走了进来，清除靴子上的雪。

"晚饭准备好了吗，妈妈？"他问。

"没有，乔纳斯，现在才8点钟。"布伦特太太回答道。

"我饿得像头熊一样。可能是因为去滑雪吧！"

"晚饭后你跑一趟邮局，乔纳斯。"

"你以为菲尔会写信来？"

"我才不关心他呢！"布伦特太太冷冷地说，"他写不写信回来随便他。"

"他会写信肯定是缺钱。"乔纳斯冷笑着说。

"如果他需要钱，我就帮他寄点去。"布伦特太太说。

"寄钱？！"乔纳斯惊讶地看着母亲。

"是的，我会给他寄一两美元，免得人们说闲话。"

"那你是在等谁的信，妈妈？"乔纳斯问道。

"昨晚我梦到自己收到了一封重要的信。"布伦特太太说。

"是有人寄钱来吗？"乔纳斯急切地问。

"我也不清楚。"

"如果是这样的话，妈妈，您会给我些钱吗？"

"如果你带回一封里面有钱的信，"布伦特太太说，"我就给你1美元。"

"不用再说了！"乔纳斯叫道，"我马上去邮局。"

布伦特太太把缝好的东西放在膝盖上，专心盯着前面。她苍白的脸上有些发红，好像很不安。

"真是奇怪，我竟然会受一个梦的影响。我可不是个迷信的人，可是我总觉得今晚会有一封信寄来，它将给我的生活带来巨

大变化。而且我还觉得它与菲尔那个孩子有点关系。"

过了许久，她终于看见乔纳斯慢慢走近了，激动之下，她急忙跑到窗子旁边看着儿子。乔纳斯看见母亲在窗口望着自己，就高高地把信举了起来。

"真的有信。"她顿时心跳加快了起来，"那一定是封重要的信，乔纳斯为什么不能加快点速度呢？"

"妈妈，信是从费城寄来的。"他说，"不是菲尔写的，我认得他写的字。"

"快给我，乔纳斯。"母亲尽力掩饰住内心的激动。

"你在费城认识什么人吗，妈妈？"

"不认识。"

她拆开信封，取出里面的信。

"有没有钱？"乔纳斯迫不及待地问。

"没有。"

"真倒霉！"他闷闷不乐地说。

"等一等，"母亲说，"假如信真的很重要，我会奖励你25美分。"

她读着信，脸上的神情很快就显示出她对这封信很感兴趣。

读者们不妨也和她一起读读这封信吧！

尊敬的夫人：

我之所以会给您写这封信，并十分焦急地等待着您的回信，是因为我要谈到一件跟我的终生幸福有关的事情。我本来应该亲自来见您，可是因为不幸罹患风湿，医生不准我外出。

我得知您是杰拉尔德·布伦特先生的遗孀，13年前，布伦特先生在俄亥俄州的小镇富尔顿维尔开了一家小旅馆。有一天我住进他的旅馆里，当时我还带着一个3岁大的独子。我妻子已经去世，我很疼爱这个孩子。可是次日早晨我却把他交给您和您丈夫，自己悄悄离去了。

从那天起，我就再也没有见过自己的儿子，也没给您或布伦特先生写信。此事听起来奇怪，对吧？我当时确实有一些难言之隐，现在我可以把一切都跟您说清楚。

当时我受到了警方的诬陷，正在躲避通缉。警方相信我与一个密友的失踪有关，不错，我们事先确实有过一次激烈的争吵，所以这更加坚定了警方的信心。我无法洗刷这一切，只好带着孩子四处逃亡。到了富尔顿维尔后，我意识到带着孩子容易暴露身份，只好把他留下。我感到您和您丈夫都是热心的好人。您对小菲尔的那种关爱尤其给我留下深刻印象，我觉得把孩子托付给您绝对能放心。然而我又不敢把这

些秘密告诉任何人，只能说将孩子暂时留下，等他好一点后再来接他。

过了一段时间之后，我去了内华达州，隐姓埋名，把我仅存的那点资金投入到采矿业上，经过一段时间之后，我终于赚了大钱。就在两个月前，我在一个矿棚里遇见一个人，他承认自己杀害了我的那位密友。所以我也终于成为一个自由人。

这事了结后，我首先想到已有13年没见到儿子。我可以在全世界面前认领他，我可以给他财富，让他在富裕的环境中成长。但是我很难确切查到您的地址。我写信给富尔顿维尔的邮政局长，他告诉我您和布伦特先生早就搬走了。我还得知我的菲尔还活着，但其他细节就不清楚了。

现在您应该能猜到我的愿望和目的了。我会为您对菲尔的悉心照料支付一大笔钱，不过我必须把孩子带回来，我们分开太久了。您肯定会很不愿意离开他，这我明白，所以我会为您在我家附近找一处房子，这样你们就能随时来看望他了。如果您能马上把菲尔带到我身边的话，我可以支付您路费，并且我会在经济上给予您相当可观的补偿。

到费城后请打电话给我，我会为您订一个房间。菲尔将会和我住在一起。

奥斯卡·格兰维尔

费城，大陆旅馆，2月5日

"妈妈，从信里掉出来一张纸。"乔纳斯说。

他把一张可到费城银行兑换的100美元支票捡起来交给母亲。

"您看，这和钱是一样的吧？"乔纳斯问。

"是的，乔纳斯。"

"那您要给我1美元？"

布伦特太太从钱包里取出一张2美元钞票给乔纳斯。

"乔纳斯，"她说，"如果你能保密的话，我会告诉你一个秘密。"

"好的，妈妈。"

"我们明天到费城去。"

"我的老天爷，太好了！"乔纳斯兴高采烈地叫起来，"我保证不跟别人说。快告诉我吧！"

"现在还不能告诉你，不过我很快就会告诉你的。"

布伦特太太几乎一夜都没睡着，她正在精心筹划一个大胆的阴谋：格兰维尔先生现在已经成为大富翁，为什么不让乔纳斯冒充菲尔呢……

布伦特太太决定把这个秘密告诉乔纳斯。当然，她本来是个

不喜欢告诉别人秘密的人，如果不是这项计划离不开乔纳斯的参与的话，她根本不会让这个孩子知道自己的事情。

乔纳斯白天去滑雪，晚上有点累，躺在长沙发上睡着了。

这时布伦特太太来到窗户前，确信周围没有其他人，才回到座位上，对乔纳斯说："乔纳斯，起来。我要和你说点事情。"

"我累得要死，妈妈。就躺在这里听您说吧！"

"乔纳斯，你听见没有？我要告诉你一个秘密。快，坐到我旁边来。"

乔纳斯站了起来，他很想知道妈妈到底要说些什么。

"跟那封信有关吗？"他问道。

"是的，是关于我们明天去旅行的事。"

乔纳斯不知道信里说的是什么，也不知道谁给母亲寄来100美元的支票。他听了妈妈的话，就拖来一把椅子，坐在母亲面前，说："说吧！妈妈，我听着呢！"

"你想发财吗，乔纳斯？"布伦特太太问道。

"当然啦！"

"你想不想有一个富有的爸爸，他会给你小马骑，给你很多零用钱，最后还能让你继承一大笔财产？"

"那真是太好了，妈妈，不过有可能吗？"

"当然有，如果你能照着我的计划去做的话。"

"我会的，妈妈。"乔纳斯两眼放光地说，"我保证听您的话。"

"记得菲尔走的前一天晚上我对他说的事吗？"

"就是他被留在布伦特先生的旅馆里的事吗？我记得。"

"还有他亲生父亲失踪的事呢？"

"记得。"

"乔纳斯，我今天下午收到的信就是菲尔的亲生父亲寄来的。"

"天哪！"乔纳斯惊叫道。

"他就在费城，现在是一位富翁了。"

"那么菲尔也会很有钱了？"乔纳斯失望地说，"我还以为那些钱都属于我呢！"

"别忘了，菲尔的父亲自从他3岁以后就再也没见过儿子了。"布伦特太太继续说。

"那又有什么关系呢，妈妈？"

"乔纳斯，"布伦特太太说，"如果我对他说你是菲尔，他也会相信的，不是吗？"

乔纳斯突然明白了。

"这真是一个好主意，妈妈！您认为我们能骗过那个老家伙吗？"

　　"只要你小心一点，我们就能做到。麻烦是麻烦了点，乔纳斯。不过我想我们的麻烦是值得的，因为格兰维尔先生，也就是菲尔的亲生父亲，他的身价至少是25万美元，如果他把你当成菲尔，这些钱几乎全部归你了。"

　　"妈妈，您可真厉害！"乔纳斯连声地称赞，"这是一个好机会。"

　　"是呀！但你必须确实遵照我说的做。"

　　"放心吧，妈妈。那我要怎么做呢？"

　　"首先，你必须改叫菲尔。"

　　"那真是一个天大的笑话！"乔纳斯觉得非常有趣，"假如菲尔知道我冒用了他的名字，他会怎么想呢？"

　　"他不会知道的，以后我们必须尽量躲开他。而且，你一定要把我当成是你的继母，而不是你的亲生母亲。"

　　"是的，这个我懂。然后呢？"

　　"我们明天就动身去费城。你父亲正生着病，躺在大陆旅馆呢！"

　　"啊！真有趣呀！妈妈，我们要住在费城？"

　　"格兰维尔先生觉得那样最好。"

　　"您打算去哪里呢？妈妈，您要留在这里吗？"

　　"我当然要和你在一起，我怎么忍心和你分开呢？"

"可是我马上就成为格兰维尔的儿子了。"

"但我们私下在一起的时候，又可以成为母子了。"

"我担心您会把事情搞砸的。"乔纳斯说，"如果您和我过于亲密，老格兰维尔肯定会起疑心的。"

听到自己的儿子居然说出这样的话，布伦特太太不由得伤心起来。

"你好像没有考虑我的感受吧！"布伦特太太竭力压抑住自己内心的痛苦，"如果我们不得不分开的话，那还不如放弃这个计划。"

"随您怎么做都行，妈妈。"乔纳斯说，"可是我并不像菲尔呀！"

"是不太像。不过自从菲尔3岁以后，格兰维尔先生就再也没见过他，所以他不会怀疑，而且，他还以为我是布伦特先生的第一任妻子。"

"您打算跟他说您并不是吗？"

"不一定。我并不想告诉他，不过我不想让他发现我在隐瞒着他什么事情。"

"我们的房子怎么办，妈妈？"

"我写封信给你舅舅，让他来看管一下，我还可以收点租金。如果计划失败的话，我们至少还有退路。"

"您去过费城没有，妈妈？"

"没有，不过没关系，我知道该怎么走。今晚我就把衣服收拾好。乔纳斯，记住，你见到格兰维尔先生时一定要表现出很开心的样子。然后你得告诉他我平时待你有多好。"

"知道了，妈妈，您也得小心别再叫我乔纳斯了。"

"放心吧，我会注意的。你也要非常小心啊，菲尔！"

一听到这个新名字，乔纳斯不由得大笑起来。

"我们就像是在演戏一样，妈妈。"他说。

"不过报酬可是相当高的，"布伦特太太说，"我想最好马上改口叫你菲尔，我要让自己尽快习惯。"

"好的，妈妈。您真聪明。"

"我要一切都照计划进行。只要你照着我说的去做，一切都会顺利的。"

"我会的，妈妈。真想马上就出发啊！"

"你困了就先去睡吧！我得晚点才睡，我要把我们的东西收拾好。"

第二天一大早，两个人就离开了普朗克镇。布伦特太太马上给格兰维尔先生发了一封电报，告诉他自己已带着他的小菲尔赶往费城了。

第 **10** 章

阴谋得逞

    在大陆旅馆的一间漂亮的私人会客室里，有位大约45岁的男人坐在一张按摩椅上。他中等身材，皮肤黝黑，一副愉快的表情。他包着绷带的右脚搁在一张椅子上，手里拿着一份"每日分类账"，但并没有看。从那副出神的样子看，他正想着其他的心事。

    "真是叫人不敢相信，"他的声音不高也不低，"我儿子马

上就要回到我的身边。尽管那残酷的命运把我们分开了，但我们很快就要团聚。还记得当初把他交给那位好心的旅馆老板时，他是多么可爱。很遗憾旅馆老板已经去世，不过他的遗孀会因照料那个孩子而得到相应补偿的。"

此刻，敲门声打断了他的自言自语。

"请进！"格兰维尔先生说。旅馆一个服务员走进来。

"下面的会客室里有个妇女和一个男孩想见您，先生。"

尽管格兰维尔先生极力抑制住自己的情感，但当他听到这些话时仍然心跳加速。

他激动不安地对服务员说："请你把他们带上来好吗？"

服务员把格兰维尔先生的话带给了此刻正坐在旅馆会客室里的布伦特太太和乔纳斯。

由于激动，布伦特太太两边脸颊上出现了一点红晕，乔纳斯则坐在椅子上躁动不安地打量着周围。

"千万要记住我对你说的话，别忘了要表现得像一个突然回到失去多年的父亲身边的男孩那样，一切都取决于初次的印象。"他母亲低声说。

"真想早点结束。要是当时我没卷进来就好了。"乔纳斯说，擦去脸上的汗水，"如果他怀疑我呢？"

"你照我说的去做他就不会怀疑。别显得那么笨拙、冒失，也不要紧张，自然一点。"

服务员正在此时进来。

他说："请你们上楼去吧！先生要见你们。"

"谢谢。"布伦特太太站起来说，"走吧！"

乔纳斯也从椅子上站起来，跟在母亲和服务员后面，像一条恶狗挨了鞭打一样。

"虽然只有一层楼梯，"服务员说，"不过我们是可以搭电梯的。"

"没关系。"布伦特太太说，可是乔纳斯迫不及待地叫道："我们搭电梯吧，妈妈！"

"这样也好，菲尔。"布伦特太太说。

片刻后两人便出现在格兰维尔先生房间的门口，随即进屋来到他面前。

这时候格兰维尔先生正焦急地看着门口，他从布伦特太太身旁看过去，目光落在她后面的男孩身上。他吃了一惊，瞬间产生一种失望的感觉。他一直想象久违的儿子是什么模样，但那些幻象与这个稍显笨拙的男孩实在相差太远了。

"格兰维尔先生，我想……"夫人说。

"哦，夫人。您是……"

"我是布伦特太太，他就是……"她指着乔纳斯，"您的儿

子。菲尔，到你父亲那里去。"

乔纳斯笨拙地走到格兰维尔先生椅子旁边，说："真高兴见到您，爸爸！"

格兰维尔先生看着他缓缓地问道："你真的是菲尔吗？"

"是的，我就是菲尔·布伦特，不过我想现在我应该姓格兰维尔了。"

"你过来，儿子！"

格兰维尔先生把乔纳斯拉到身边，仔细看着他的面容，然后疼爱地吻了他。

他微微叹息了一声，说："他长大以后变好多，布伦特太太。"

"您走时他才3岁，这也是预料中的事，先生。"

"可是我总觉得他的头发和皮肤颜色好像变浅了。"

"这您比我更容易看出来。我每天看见他，就察觉不到那种变化。"布伦特太太花言巧语地说。

"您和您丈夫对孩子的悉心照料，我真的感激不尽。听说布伦特先生已经去世，对此我很难过。"

"是的，先生，他半年前就已经离开了我们。那真让人感到痛心啊！先生，当我把菲尔交给您时，我会感到自己活在这世上太孤独了。"说着她用手帕擦擦眼，"您瞧，我早已经把他当作自己的儿子了！"

"尊敬的夫人，请别认为我会那么狠心，要把他从您身边夺走。尽管我很希望他和我一起生活，但您一定得陪着他。我的家就是您的家——只要您愿意就可以住在我家。"

"啊！格兰维尔先生，您的心肠真好，让我怎么感谢您呢？自从收到您的信以后，想到我马上要失去菲尔了，我就一直伤心得不得了。要是我自己有个孩子的话，情况就不一样了，但是我没有，因此就把所有的爱给了他。"

"这是很正常的。"格兰维尔先生说，"我们总是忘不了那些对自己有恩的人。肯定他对您也有这样的感情。你很爱这位好心的夫人，对吧，菲尔！你亲生母亲在你出生不久就去世了，是她像母亲一样把你带大的。"

"是的，先生。"乔纳斯麻木地回答，"可是我想和爸爸一起生活！"

"当然了。儿子，我们分开太久了。以后我们就生活在一起，布伦特太太也住我们家里吧！"

"爸爸，那您现在住在哪里？"乔纳斯问。

"我在离芝加哥不远的地方盖了一栋乡间宅第。"格兰维尔先生回答，"等到我的病好了，我们就去那里住。布伦特太太，很抱歉还让您亲自来到这个屋里，都是风湿病把我搞得不成人样

了。"

"希望您早日康复，先生。"

"我想会的。我的医生医术很好，现在我已经快好了，不过还得在这里住几天。"

"我和菲尔这几天住在哪里呢？"

"你们也住在这里。按一下铃好吗，菲尔？"

"我不知道铃在哪里。"乔纳斯不知所措地回答。

"就是那个按钮！"

乔纳斯按了一下。

然后他奇怪地问："这样铃会响吗？"

"是的，那是一个电铃。"

"老天爷呀！"乔纳斯脱口而出。

"不能那样说话，菲尔！"布伦特太太急忙说，"你会吓到你爸爸的。瞧，格兰维尔先生，他整天与乡下孩子在一起，虽然我经常教他，可是他还是学了些粗话。"

这句粗话使格兰维尔先生感到十分不安，他觉得有必要对儿子在言行举止上好好教导一下。

"哦，这个我能理解，布伦特太太。"他礼貌地说，"他现在还小，还有时间来改掉那些让人反感的习惯。"

服务员进来了。

"请您告诉接待员，把夫人和男孩安排在这层楼住下。布伦特太太，菲尔暂时住在您旁边的房间，等我好些了我们再一起住。午餐准备好了没有，约翰？"

"已经准备好了，先生。"

"这样吧！你们先到房间看一下，然后我们共享午餐。我等会儿请人去叫你们。"

"谢谢，先生。"

布伦特太太被带进她漂亮的房间。

"一切顺利！最难熬的时刻已经过去了。"她对自己说。

布伦特太太这个十分大胆的阴谋，是需要冷静和胆量的。同时也因为有巨大的利益在诱惑着她，为了儿子，她决定孤注一掷。当然她绝对不能让别人认出来，否则格兰维尔先生就会发现他们的骗局。不过现在看来被识破的危险还是比较小的，因为格兰维尔先生每天都待在旅馆里，一个星期以来都是她自己带着乔纳斯到城里去玩。

虽然这样，有一天还是让她虚惊一场。

当时她正搭乘一辆有轨电车，乔纳斯在车厢前面的司机身边站着。她没想到电车里有位先生忽然看到她，然后走过来坐在她旁边的一个座位上，"嗨，布伦特太太，你怎么到这里来了？"他吃惊地问。

111

　　她顿时惊慌失措且脸色十分难看，压低声音说："我来这里随便逛逛，皮尔逊先生。"

　　"你好像很少出门吧？"这位先生问。

　　"是的，的确不常出门。"

　　"布伦特先生还好吗？"

　　"难道你不知道他已去世了吗？"

　　"我真的不知道，这真是太不幸了，真让人难过。"

　　她叹息道："是啊！这对我们来说是多么的不幸啊！"

　　皮尔逊先生说："我有两三年没见过乔纳斯了，他现在已经长大成人了吧！"

　　她担心孩子会在无意中暴露他们的事情，所以不想让皮尔逊看到她带着乔纳斯。于是，她简短地说："是的，他已经长大了。"

　　"你们在一起吗？"

　　"是的。"

　　"你们要在这里住很久吗？"

　　"不，我们不会在这里住太久的。"布伦特太太回答。

　　"要不是我下午就要回纽约，还真想去拜访你们呢！"

　　布伦特太太听了这些话才松了一口气。绝对不能让他到旅馆来拜访的。

　　"能够见到你我也很高兴，那么你在哪里下车呢？"她问道，觉得这样说比较保险。

"我要在第十三街下车。"

"感谢上帝！"布伦特太太心想，"这样他就不会知道我们住在哪里了。"

大陆旅馆位于切斯那特和第九街街角处。乔纳斯只顾忙着看街景，并没有注意到母亲遇到了熟人。可是，布伦特太太十分担心乔纳斯会让车在那里停下。

母子俩到达第九街时走进了旅馆。

乔纳斯说："我在楼下待一会儿，先不上楼了。"

"不行，菲尔，快上楼，我有话对你说。"

"我想去玩乒乓球。"乔纳斯抱怨说。

"这件事非常重要。"布伦特太太强调道。

乔纳斯跟着母亲进入电梯，到了三楼他们的房间。

母亲关上房间的门后，乔纳斯问道，"嗨，妈妈，到底什么事呀？"

布伦特太太说："我在车上遇到了熟人。"

"真的吗？他是谁？"

"是皮尔逊先生。"

"那你怎么不叫我呢？以前他经常买糖果给我。"

"我们绝对不能被人认出来，这很重要。"母亲说，"我们

在这里必须处处小心。如果他来这里看我们，再遇到格兰维尔先生，他就会告诉他你是乔纳斯而不是菲尔。要是这样的话，那一切就完了。"

"那样就真的完了！"乔纳斯说。

"是的，我很高兴你能明白。你要在这三四个小时之内都待在这里或你自己房间。"

"那多无聊啊！"乔纳斯咕哝着。

"但是，现在必须这样做。"母亲很坚决地说，"他会搭下午的列车去纽约。现在才两点。他是在第十三街下的车，来这里是很容易的，往来费城的旅客们通常都住这里。如果他在楼下看到你，就可能认出你来。他还问我住在哪里，不过我装作没听见他的话。"

"这样也太难熬了，妈妈。"

"你再这样的话，我真的要生气了。"布伦特太太说，"我这样做还不都是为了你好，可是你总是和我唱反调。如果你不想发财，那我们可以放弃这些回去了！"

"好吧！妈妈，我听您的就是了。"乔纳斯有点委屈地说。

就在第二天，格兰维尔先生把布伦特太太叫来。

"布伦特太太，"他说，"我打算明天离开这里。"

"您的病完全好了吗，先生？"她假装很关心地问。

　　"医生说可以试着活动活动了。我要弄一个包厢，好好享受一下金钱带来的舒适。"

　　"啊！先生，在这种情况下钱可是最好的朋友。"

　　"是的，布伦特太太，我以前也是个穷人，现在有钱了，就要过舒适的生活。您和菲尔没有问题吧？"

　　"没问题，格兰维尔先生，我们早就准备好了，随时可以出发。"布伦特太太急忙回答。

　　"我很高兴您能这样想。我们的西部家园，我想菲尔一定会喜欢的。我从芝加哥一个经商失败的商人那里买下了一个很好的庄园。菲尔会有他自己的马和仆人。"

　　"他会感到快乐的。"布伦特太太热切地说，"这些他可能还不习惯，因为我和布伦特先生虽然爱他，但我们没能力给他那样的生活。"

　　"没关系，布伦特太太，我能理解。你们还谈不上富裕，不过你们对他却像亲生儿子一样照顾。"

　　"我的确像爱自己的亲生儿子一样爱着他，格兰维尔先生。"

　　"这一点我相信。感谢上帝我还有能力来偿还自己欠下的债。我虽然不能偿还所有的，但会尽力让您也过着舒适的生活，我会给您属于您自己的房间和仆人。"

"谢谢，格兰维尔先生。"布伦特太太说，想到自己马上要过舒适的生活，不禁心花怒放，"我不在乎您让我住哪里，只要不把我和菲尔分开就可以了。"

"她也是深爱着我儿子的！"格兰维尔先生心想，"然而她平常态度冷漠、刻板，从表面上看似乎不像一个有爱心而且很容易让人感动的女人。一定是因为她给了菲尔太多的关怀，所以菲尔才会那么的喜欢她。对我们有恩惠的人就会让我们很容易产生好感。"

虽然格兰维尔先生相信布伦特太太疼爱菲尔，可是他的内心还是有些失落，儿子的归来并没有带给自己期待中的那种满足和幸福。

首先，他心目中的那个儿子和眼前这个菲尔相差太远了，现在这个菲尔一点都不像他们格兰维尔家的人。这个孩子显得非常粗俗，他总是说一些粗俗的脏话，这使得格兰维尔感到震惊。

"可能是他从小到大都是和乡下的孩子在一起的缘故吧！"格兰维尔先生想，"幸亏他现在年龄还小，还来得及培养。我到芝加哥后先给他请个家庭教师，不仅要帮他补充知识，而且要尽快改变他的言行举止。让他长大后成为一名绅士。"

第二天，三人便向芝加哥出发了，而格兰维尔先生的亲生儿子兼继承人还继续住在纽约一个廉价的租屋里。

第 11 章

遭受冷遇

　　菲尔无法和渴望与自己团聚的父亲见面，因为他的这种权利已经被继母的阴谋给剥夺了。他自己当然一无所知。目前他唯一知道自己要做的就是为了生活继续奋斗。

　　他不再去想那个算命女人的预言，也不梦想去寻求任何发财的捷径。

　　可是他尽了自己最大的努力，生活依然难以维持。

他的食宿费每周花4美元，洗衣和午餐费需要2美元，结果每周的薪资还不够自己的开销。

我们都知道他还有一点为数不多的积蓄可以使用，可是已经越来越少了。另外他的衣服开始破旧了，他也没办法赚钱去买新的。

菲尔有些不安了，他想到一个办法："写一封信给继母，先向她借点钱。"如果钱是继母的，他就不会这样做了。可是她一无所有，家里所有的财产都是布伦特先生的，虽然他们没有血缘关系，但菲尔知道布伦特先生喜欢自己，肯定会拿出一些钱来照顾他。因此菲尔想了很久，最后写了一封信：

亲爱的布伦特太太：

我希望您和乔纳斯今后一切都好。我还是向您讲讲我现在的情况吧！

我很幸运地在一家大商业机构找到一份工作，周薪5美元。这比一些刚开始工作的男孩赚的都多。我很感激一位老先生对我的偏爱，他是公司的一名老板，我之所以这么顺利，是因为我曾帮助过他。虽然我尽力在节约开支，但我这点薪资真的很难维持生活。我的食宿和洗衣费每周要花6美元，此外还必须偶尔买件衣服。我身上的钱马上就要花光了，还是不能让自己的穿着像样点。因此我不得不向您借点钱，就借25美元吧！我希望一两年后能多赚一些钱，能完全独立。可是现在还不行。我的父亲布伦特先生肯定会养我的，所以我想我不需要对这个要求表示歉意。

问候您及乔纳斯，真诚的菲尔·布伦特

纽约，3月10日

菲尔把信交给邮局后，就耐心等待着回信。

他心想："我几乎完全不用她花钱照顾我了，所以，布伦特太太肯定不会拒绝我的。"

菲尔认为继母一定会寄钱给他，所以他一有时间就到那些服装店转转，了解一下他可以花多少钱买到一套平时穿的衣服。他在鲍尔雷街看到一家服装店，里面有一套衣服看起来很合适，只要13美元。要是布伦特太太寄给他25美元，他还能用剩下的钱买些内衣并存一些钱解决其他问题。

过了三四天，他没有收到任何回信。

他不安地想："即使她不寄钱给我，也应该写封信来。布伦特太太总不至于连信都不回吧！"

他现在最担心的就是万一没有汇款，他的生活马上就会陷入困境。

　　正在他焦虑万分的时候，他在百老汇遇见了鲁本·戈登——就是前面提到的那个木匠，菲尔离开普朗克镇前曾把自己的枪卖给了他。

　　"嗨，鲁本，你好吗？什么时候来城里的？"菲尔高兴地问。

　　"菲尔·布伦特！见到你真的太高兴了。5分钟前我还想到你呢！不知道你跑到哪里去了。"鲁本叫道，热情地与菲尔握手。

　　"你先告诉我，你是什么时候来纽约的？"

　　"我是今天早上到的！我姑丈家在布鲁克林，我要住在他的家里。"

　　"我想向你打听一下布伦特太太和乔纳斯的情况。四天前我写了一封信给他们，可是没有回信。"

　　"你把信寄到哪里了？"

　　"当然是普朗克镇。"菲尔吃惊地回答。

　　"你还不知道他们已经离开了普朗克镇吗？"鲁本惊诧道。

　　"你说谁离开了普朗克镇？"

　　"布伦特太太和乔纳斯在三个星期前就离开了普朗克镇，到现在都没有人知道他们的消息。"

　　"你也不知道他们去哪里了？"菲尔非常吃惊地问道。

　　"不知道。我想他们会写信给你。所以，刚才我还想问你

120

呢！"

　　"可是我却什么都不知道啊！"

　　"唉！他们对你真的是太不公平了，真是一群卑鄙的家伙。"

　　"房子也锁上了吗？"

　　"前两天是那样的。后来乔纳斯的舅舅带着家人住了进去。有人问他姐姐和乔纳斯去哪里了，可是他说自己也不清楚，也许是旅游去了，也许去了加拿大。"

　　听到这个消息，菲尔难过极了，自己毕竟在那个家里住了那么久，现在自己真的成了丧家之犬。他刚到纽约来谋生时觉得自己是自愿的、没有被强迫。可是现在他只能依靠自己了，不是工作，就是挨饿。

　　"他们对你太不好了。"鲁本说。

　　"所以我从来都不喜欢他们啊！"

　　"那你现在上班了吗？"

　　这个诚实的乡下朋友又问了几个问题，菲尔都心不在焉地回答了。

　　最后他说自己必须马上回公司了。

　　这天晚上，菲尔想到自己现在的处境，彻夜难眠。必须要想个办法，否则根本维持不了生活。他的薪资已经超过了所有的童

工，一年之内是不可能再加薪了。到底该怎么办呢？

菲尔决定把自己的困难全部告诉他在这个城市唯一的朋友——奥利佛·卡特先生，他也许可以帮助自己。

想到老先生对他那么亲切、友好，应该不会拒绝他的。这样一想，他就感到稍微轻松一些了，决定赶快前去拜访卡特先生。

晚饭后他认真地梳了梳头，尽量穿着整齐，然后朝着卡特先生的侄女家里走去。

他上了台阶，按响门铃。汉娜开了门，因为上次他来也是她开的门，所以她还记得他。

"晚安。"菲尔愉快地说，"卡特先生在家吗？"

"他不在，先生。你不知道他去佛罗里达州了吗？"汉娜回答。

"他去佛罗里达州了！"菲尔重复道，心往下一沉，"那他是什么时候走的？"

"今天下午刚走。"

"是谁在问奥利佛姑爷爷呀？"传来一个男孩的声音。

菲尔看看汉娜身后，认出说话的人是阿隆·皮特金。

"是我。"菲尔回答。

"啊！是你？"阿隆显得异常轻蔑地说。

"对。"虽然阿隆无礼的语调把他激怒了，但菲尔还是平静地回答，"你应该还记得我吧？"

"记得，你不就是那个哄骗奥利佛姑爷爷，让他把你安排在我爸爸的公司里的那个小子吗？"

"我从来都没有哄骗他。我只是有幸帮了他一下。"菲尔激动地回答。

"我想你就是为钱而来的吧？"阿隆粗暴地问。

"不管怎样，我都不会向你要的。"菲尔气愤地说。

"没有，就算有也不会给你的。"阿隆说，"你向我妈要也没用。她说你是一个骗子，看到奥利佛姑爷爷有钱就打他的主意。"

"我也不会去乞求你妈妈的帮助。"菲尔越来越生气，"我很遗憾没能见到你姑爷爷。"

"我就知道你会感到遗憾的！"阿隆讥笑道。

正在这时一个衣着朴素但整洁的妇女走下楼来，她的脸色很不好看，像是遇到了麻烦的样子。皮特金太太就跟在后面，显得冷漠又高傲。

"卡特先生离开纽约了，不知道什么时候会回来。"菲尔听见她说，"就算他在家也不会帮你的。他根本就不喜欢你，不会听你讲话的。"

"我从来都不认为他会对我怀有什么偏见。"那个可怜的妇

女低声说，"我看他绝不是一个无情无义的人。"

　　菲尔看着这个衣着朴素的妇女，并不掩饰自己的惊奇，因为他从那熟悉的身影上认出她就是自己租屋的老板娘。"她来这里做什么呢？"菲尔心中暗想。

　　"福布什夫人！"他喊道。

　　"菲尔！"福布什夫人也叫出声来，和他一样的吃惊，因为她从未问过自己的小房客在哪里工作，所以根本不知道他的老板竟然是自己表妹的丈夫，并且跟自己那富有的姑丈还很熟。

　　"难道你们认识？"皮特金太太问，现在轮到她吃惊了。

　　"是的，这位小先生就住在我的房子里。"福布什夫人回答。

　　"还是个小先生！"阿隆又重复一遍，嘲笑道。

　　菲尔狠狠地瞪了他一眼。

　　"你来这里做什么，年轻人？"皮特金太太冷冷地问，当然这句话是针对菲尔的。

　　"我找卡特先生。"菲尔回答。

　　"卡特先生现在真是受欢迎啊！"皮特金太太讥笑道，"你们想找他的话就只有到佛罗里达了。"她稍停片刻后补充道，"不管你们以后谁再来找卡特先生都是没用的，因为他一眼就会揭穿你们的意图。"

"你真狠心，娜维亚！"福布什夫人悲愤地说。

"我叫皮特金太太！"这个女人冷冷地说。

"可是毕竟我们还是表姐妹吧？"

"我根本不承认，再见，福布什夫人。"

福布什夫人也只有无奈地说了声："再见！"然后走下台阶。

福布什夫人和菲尔一起走到街上。

"皮特金太太是您的表妹？"他问。

"对。"福布什夫人回答，"我和她一样跟卡特先生有亲戚关系，小时候我们就经常在一起，而且还在同一所贵族学校里读书。我因为执意嫁给福布什先生而得罪了亲戚们，福布什很穷，我看主要还是由于娜维亚·皮金特才把我赶出来的。可是你是怎么认识奥利佛姑丈的呢？"

于是菲尔把经过说了一遍。

"卡特先生是个好人，他一定是听了别人的话，要不然他是不会把您赶走的。"

"我也这样想，"福布什夫人说，"我告诉你吧！"停一会儿她继续说，"我极力挣扎想度过困境，所以才会来这里。菲尔·布伦特先生，房租明天就到期了，可是我还差15美元租金，如果我把情况向奥利佛姑丈说，他应该会帮助我的。"

"他肯定会帮助您的。"菲尔热心地说。

"可是他现在在佛罗里达州，大概要在那里待上一两个月。"福布什夫人说着叹口气，"他就算在纽约，我想娜维亚也一定不会让我们见面的。"

"您说得对，福布什夫人。虽然她是您表妹，可是我很讨厌她。"

"跟你说话的男孩就是她儿子阿隆吧！"

"是的，他是我见过最坏的男孩。他和他母亲好像非常反对我和您姑丈来往。"

"阿隆很小的时候我见过他，他比我的女儿朱丽娅大两岁。因为我的出嫁就疏远了，娜维亚总是爱怀疑别人。"

菲尔同情地问道："房租的事您打算怎么办呢，福布什夫人？"

"不知道。我只能尽量跟屋主拖一拖了。"

"我相信你会好起来的，菲尔。"福布什夫人说，"虽然你现在还没有能力实现自己的愿望，但有你这样的朋友我感到很开心。"

"我只做你的穷朋友。"菲尔说，"其实，我也遇到麻烦了。我的周薪只有5美元，但生活费却需要很多。我已经很难维持下去了。"

　　"如果你每周付不起4美元租金，那就付3美元好了。"福布什夫人说，她在同情别人的时候完全忘却了自己的困难。

　　"不，福布什夫人，您还有孩子，您比我更需要钱。您应付不了的。"

　　福布什夫人叹息道："是呀！可怜的朱丽娅！她一生下来就要过贫穷的生活。只有老天知道我们是在过怎样的日子。"

　　"上帝会让我们好起来的。"菲尔说，"不知道为什么，虽然我有麻烦但仍很快乐，尽管我不知道会怎样好起来，但是我知道一定会的。"

　　"你还年轻，年轻人总是充满希望的。我不想让你扫兴。快乐起来吧！让快乐使你的心灵得到慰藉。"

　　假如菲尔现在听见他们离开后皮特金太太和阿隆的话，他就不会如此充满希望了。

　　"没想到这么多年后这个女人还是出现了，真讨厌！"皮特金太太用十分厌恶的语气说。

　　"你们真的是表姐妹吗，妈妈？"阿隆问。

　　"是的，不过她嫁了一个穷人，所以被赶走了。"

　　"她以后要是再来的话，我们还是要把她轰走吗？"

　　"看情况。她要是遇见奥利佛姑丈，我怕她会博取他的同情，然后达到自己的目的。更糟糕的是她竟然和那个男孩认识，

她也许会让那个男孩替她在奥利佛姑丈面前说些好话。"

"他不是在爸爸的公司里工作吗？"

"对啊！"

"要不然趁奥利佛姑爷爷不在，干脆把他赶走算了？"

"这个主意太好了，阿隆！我今晚就和你爸爸说说看。"

第 **12** 章

失去工作

　　星期六是菲尔发薪资的日子。一般公司都是这样的，把一周的薪资装入小信封后发给每个员工。

　　菲尔默默地把领到的小信封放进外套口袋里。

　　出纳员丹尼尔·迪克逊看到，对他说："菲尔·布伦特，你最好现在打开信封看看。"

　　菲尔虽然诧异，不过还是照做了。

信封里除了一张5美元钞票外，还有一张小纸条，上面写着："下周你不用来上班。"通知的后面是公司的落款。

菲尔顿时脸色惨白。他目前已经陷入困境了，如果再失去工作就是雪上加霜。

"这是怎么回事，迪克逊先生？"他急忙问。

"无可奉告。"自私的出纳员露出了让人讨厌的微笑，回答说。

"这张字条是谁给你的？"菲尔问。

"老板。"

"是皮特金先生？"

"是的。"

菲尔径直走向皮特金先生的办公室。

"我可以和您谈谈吗，先生？"菲尔问。

"那就快点，我马上要走。"皮特金十分冷淡地回答。

"我想知道为什么解雇我，先生？"

"几句话也说不清楚，原因就是我们不再需要你了。"

"我的工作让您不满意吗？"

"是的！"皮特金粗暴地说。

"我什么地方让您失望了，先生？"

"别给我摆架子，小家伙！"皮特金回答，"我们不想要你了，就这么回事。"

"但是你应该提前告诉我的。"菲尔气愤地说。

"我们之间本来就没有那种约定。"

"但是只有那样才公平，先生。"

"别再说了，年轻人！我不允许你这样！我怎样管理公司根本不需要你来提醒。"

菲尔这时发觉任何商谈或抗议都是没用的。因为他的解雇跟他的工作好坏毫无关系。"我明白了，先生，你根本不在意公不公平。我会走的。"他说。

"那最好了，你马上就给我走人吧！"皮特金说。

菲尔心情沉重地来到街上。现在他只剩下刚领到的薪资和75美分零钱了，下一步该怎么办呢？他拖着沉重的脚步回家了，尽管他平常总是充满希望，可是现在他真的有些难过了。

福布什夫人在客厅看到菲尔进屋时的表情十分忧郁。

"你怎么了，菲尔？"她问。

菲尔回答道："我失业了。"

"为什么？"福布什夫人顿时同情起来，"你跟老板吵架了吗？"

"我从未和他吵过架。"

"他解雇你的理由是什么？"

"他没说。我请他解释，可是他只是说从此不再需要我了。"

"不可能再回去了？"

"我想是的。"

"没关系，菲尔。像你这么聪明、能干的孩子一定会很快找到工作的。再说只要我有住的，你就会有住的。"

"谢谢，福布什夫人。您真是一个好人。您自己都遇到了麻烦，还要帮助我！"

"我今天很幸运。"福布什夫人高兴地说，"以前有个房客，失业时在这里住了五六个星期，现在他在波士顿找到工作，就寄30美元房租给我。这样我不仅可以付清房租，还能剩下一点。我是幸运的，你也一定是。"

女房东的理解，使菲尔感到一些安慰，因此他看待事情更加乐观了。

"我星期一早上就出去找工作。"他说，"说不定这还是一件好事呢！"

第二天他过得也并不快乐，眼前的孤单一人，让他想起了三个月前，那时他还有家、有亲戚。星期天上午他去教堂做礼拜，在这个神圣的地方，他才感到稍微平静一些。

星期一他买了一份报纸，只要招募男工的地方他都去询问。

可是每个地方都要他出示他前任老板写的介绍信。他决定回原公司开一份，尽管他很不愿意去求那个卑鄙的皮特金，但是没有办法。于是他只好决定抛弃自尊，来到皮特金先生的办公室。

"您好，皮特金先生！"他说。

"你又来了！你别想要求回来，没有用的。"

"我不是要求回来。"菲尔回答。

"那你还来这里做什么？"

"我想请您帮我写一封介绍信，让我另外找份工作。"

"哎呀，哎呀！"皮特金摇摇头，"你这个人脸皮还真厚啊！"

"什么叫脸皮厚？"菲尔问，"我尽了最大努力，想另外换一份工作，可是他们都要我拿出介绍信来。"

"我绝对不会给你的！你的家在哪里？"皮特金粗暴地说。

"我已经没有家了，现在就住在这个城里。"

"你是从哪里来的？"

"从乡下来的。"

"那你就赶快回乡下去吧！那才是你待的地方，你在城里是没有前途的。"

可怜的菲尔。没有皮特金先生的介绍信，他想再找个工作几乎是不可能的，以后该如何在城里生活下去呢？他可不想去卖报

纸或擦皮鞋，现在也只有这条路可走了。

"我现在虽然生活艰难，但是一定会好起来的。"他对自己说。

于是他毅然地转身走出公司。

当他经过柜台时威尔伯站在那里，对他说："太遗憾了，菲尔。我很惭愧！如果我有钱的话，肯定会借5美元给你的。"

"谢谢你的好意，威尔伯。"菲尔说。

"有时间记得来看我。"

"我会的——很快就会去看你的。"

他走出公司，在街上漫无目的地徘徊。

他为自己的希望一次次落空而感到难过，四天后他来到码头，他觉得自己可以做搬运工，绝不能为了面子而不屑做这种体力劳动。

正好查尔斯顿的船驶进码头，乘客们正在陆续登岸。

菲尔无精打采地站在码头看着他们。

忽然他大吃一惊，不由得欣喜若狂。

瞧，他那位好朋友奥利佛·卡特先生正走下跳板，菲尔还以为他远在佛罗里达州。

"卡特先生！"菲尔大叫一声，冲了过去。

"菲尔！"老先生也喊道，十分惊奇，"你怎么到这里来了？是皮特金先生派你来的？"

第 13 章

澄清事实

现在已经说不清楚到底是菲尔或卡特先生哪个更感到吃惊了。

"皮特金先生怎么知道我要回来的,我没有告诉他呀!"老先生说。

"我想他根本就不知道。"菲尔说。

"不是他派你到码头来的?"

"不是的，先生。"

"那你现在应该是在公司里啊？"卡特先生迷惑不解地问。

"我已经不再是那里的员工，上周六我被解雇了。"

"谁解雇你！为什么？"

"皮特金先生没说理由，只是说不再需要我了。他说话时态度很粗暴，尽管我说没有介绍信我无法在别处找到工作，可是他就是不帮我写。"

卡特先生双眉紧锁，显然十分愤怒了。

"这件事一定要让他讲清楚。"他说，"菲尔，叫一辆马车，我马上去阿斯特旅馆订个房间。我本来是要马上去找他的，不过我现在想等他把这件事解释之后再去见他了。"

已经山穷水尽的菲尔听到此话非常高兴，本来明天就要被迫去当报童了，没想到卡特先生的意外出现又使情况有了转机。

两人坐进了菲尔叫来的马车。

"您怎么这么快就回来了，先生？"他们坐好后菲尔问，"我以为您要在那里待好几个月。"

"本来是那样打算的，但到达查尔斯顿后我改变了主意。我原来想在圣奥古斯丁见一些朋友，但后来听说他们已回到北方去了，我觉得待在那里也没事，就决定回来。现在我很高兴终于回来了。我的信你收到没有？"

"您的信？"菲尔问，惊讶地看着卡特先生。

"是啊！我拿给他一封信，信上写着你的地址，我叫他寄给你，里面还有一张10美元的钞票。"

"我从来就没收到过什么信，先生。如果那是真的，会对我有很大帮助——我是说那些钱，因为每周5美元实在是难以维持生活，可是我现在已经山穷水尽了。"

"信被阿隆扣起来了？"卡特先生心想。

"无论什么原因，我的确没有收到。"

卡特先生说："这件事要好好查一查。如果他扣了那封信，或许他也拿走了钱——那他的品行就更恶劣了。"

"虽然我不太喜欢他，但是我不相信他会那样做。"

"他和你不一样，我了解他。他喜欢钱，倒不一定会花掉，而是想存起来。你是怎么知道我去了佛罗里达州？"

"我是在您的家里听到的。"

"你去过那里？"

"是的，先生，因为我感到那点薪资实在无法生活下去，我也不想让福布什夫人为了我而减少房租，所以……我就去找您了。"

"这个名字听起来很耳熟。福布什夫人？"老先生紧接着重复道。

"福布什夫人是您的侄女。"菲尔说，心里产生了一个想法——他总算可以报答一下那个善良的老板娘了。

"是她告诉你我们关系的？"

"不是的，先生，在皮特金太太家遇见她以前，我根本就不知道这些。"

"她去那里……是找我吗？"老先生问。

"是的，先生，可是皮特金太太对她非常冷淡，还说您对她有成见，叫她最好别去了。"

"她就是那么冷酷、自私。我非常清楚。她现在怎么样？"

"先生，她为了维持生活，在苦苦挣扎着。"

"你就住在福布什夫人那里？"

"是的。"

"她和皮特金太太一样都是我的亲戚。"

"这些后来她都告诉我了。"

"当初因为婚姻使家人对她产生了偏见，现在才明白是娜维亚在从中作梗，她总是喜欢扭曲事实并制造冲突，我当时竟然帮她达到自私的目的。她只是为了自己和儿子将来能占有我的全部财产罢了。"

菲尔在心里也认同这种说法，只是不愿意说出来罢了，他觉得自己也是其中的一个受害者。

"也就是说您对福布什夫人并没有他们说的那种偏见？"他随意问道。

"是的，没有！"卡特先生认真地说，"可怜的瑞贝卡！她比皮特金太太的人品好多了。你说她现在生活很艰苦是吗？"

"上个月付房租都付得很辛苦。"菲尔说。

"那她现在住什么地方？"

菲尔告诉了他。

"那是一栋什么样子的房子？"

"它的门面不是用褐色石头装饰的，是一栋非常简陋的房子，不过她因为没有凑齐房租，差点连这样的房子都没有了。"菲尔微笑着回答。

"你对她的感觉怎么样？"

"我非常喜欢她，卡特先生。她对我一直很好，尽管她自己的生活相当困难，但她说只要她有住的地方我也可以住下。而现在我失去了工作，连食宿费都没着落了。"

"工作很快就会有的，菲尔。"老先生说。

菲尔马上明白，自己肯定会再回到公司上班的。但这并没有让他感到快乐，因为皮特金先生肯定还会找他麻烦的。但是他仍然会接受。

这时他们已经来到了阿斯特旅馆。

菲尔先下车，扶着卡特先生下来。

他拿着卡特先生的手提包，跟着进入旅馆。

卡特先生登记了自己的名字。

"你的名字呢？"他问，"菲尔·布伦特？"

"是的，先生。"

"我也把你的名字登记上。"

"我也住在这里吗？"菲尔吃惊地问。

"是啊！我想让你来担任我的私人秘书，这样比较可靠。我登记两个房间，一间给你住。"

菲尔惊讶地听着。

"谢谢，先生。"他说。

卡特先生请人把他的箱子从船上带来，然后住进居室。菲尔的房间虽然小一些，但跟他自己住的房间比起来已经是相当豪华了。

"你还有多少钱，菲尔？"老先生问。

"25美分。"菲尔回答。

"那可不多呀！"卡特先生面带微笑，"来，让我给你补充一些吧！"

他从皮夹里抽出4张5美元的钞票递给菲尔。

菲尔非常感激地说："我该怎么感谢您才好呢，先生？"

　　"等你发了财，再来感谢我吧！尽管皮特金夫妇总是陷害你，但却帮了你的大忙。"

　　"如果您允许的话，我今天晚上想去见福布什夫人，我怕她会担心我。"

　　"当然可以了，你去吧！"

　　"我可以告诉她我见到您了吗，先生？"

　　"可以，你告诉她我明天会去看她。另外把这个带给她。"

　　卡特先生取出一张100美元的支票，交给菲尔。

　　他说："先到银行兑换一下，尽快回来。"

　　菲尔高兴地跳上了旅馆前面的一辆车，向目的地赶去。

第 14 章

房租上涨

菲尔的情况暂且不说，先说说福布什夫人的房子的事。

她虽然千方百计如期缴了房租，但还是没有逃脱烦恼。眼前又到了决定明年是否续租的关键时候。5月11日是纽约的"搬迁日"，租屋通常从这一天开始或终止，债务也在这天或提前处理。

房东找到福布什夫人，问她是否想继续租下去。

"我想继续租下去。"

每月缴纳的租金虽然有些困难，可是搬家也是需要费用的，而且到一个新的地方找新的房客也需要一段时间，得不偿失。福布什夫人是这样考虑的。

"那再好不过了。"房东说，"每月50美元已经很低了。"

"是45美元吧，斯通先生。"福布什夫人说。

"不，不。"

"可是我一直是付这个价钱呀！"

"是的，但现在要收50美元，如果你不愿租的话，有人会租的。"

福布什夫人声音忧郁地说："斯通先生，我希望您能体谅一些。我已尽了最大努力每月凑到45美元缴房租，真的只能缴这么多了。"

"对不起，那和我没关系。"房东粗鲁地说，"如果你付不起房租，那就只能搬出这个小房子。如果想继续住这间房子就必须每月缴50美元房租。"

"我实在想不出别的办法了。"福布什夫人沮丧地说。

"给你三天时间考虑。"房东冷冷地说，"你放弃的话，一定会后悔的。"

房东走了，福布什夫人闷闷不乐地坐在那里。

"朱丽娅，"她对女儿说，"要是你再大些，能帮我出出主意就好了。我不愿意搬走，可是付得起那么贵的房租吗？"

"一年600美元！"朱丽娅说。

"那对我们来说太多了。"

"但在皮特金太太眼里是微不足道的。"朱丽娅愤愤不平地说，"那个女人如此富有，而母亲却为了生活费不得不苦苦挣扎，真是不公平。"

"唉，是啊！娜维亚真是个富婆。"福布什夫人叹息道，"奥利佛姑丈怎么会喜欢这个自私又贪婪的女人。"

"这件事您为什么不听听菲尔的意见呢？"朱丽娅说。

"菲尔也遇到了麻烦。"福布什夫人说，"因为皮特金夫妇心怀恶意，他失去了工作——肯定是娜维亚解雇的。不知道他什么时候能再找到工作。"

"如果他付不起食宿费的话，您不会让他走吧，妈妈？"

"当然不会的。"母亲温和地说，"只要我们有住的地方，就有菲尔的。"

朱丽娅激动地站起来吻了母亲一下说："真是好妈妈。"

"看来你喜欢上菲尔了。"福布什夫人面带微笑地说。

"是的，妈妈。菲尔就像哥哥一样待我。"

这时门打开了，菲尔走了进来。

　　他这几天回家时都显得很消沉，因为找工作总是毫无结果。可是今天他显得容光焕发。

　　"菲尔，找到工作了，"朱丽娅马上叫起来，"在哪里？工作好吗？"

　　"真的，菲尔？"福布什夫人问。

　　"对，找到啦！"

　　"你觉得老板怎么样？"

　　"他对我很好。"菲尔微笑着说，"他预付我20美元。"

　　福布什夫人说："我相信你，菲尔，不过这似乎太不寻常了。"

　　"还有更不寻常的呢！"菲尔说，"他还叫我带了些钱给您。"

　　"我？"福布什夫人大为震惊。

　　"他知道我？"

　　"我告诉他您的情况。"

　　"可是我不认识他啊！"

　　"他过去了解您，现在仍然关心您。"

　　"会是谁呢？"福布什夫人一时理不出头绪。

　　"我告诉您好了，就是您的奥利佛姑丈。"

　　"唉！他不是在佛罗里达州吗？"

"没有，他得知我们的情况后，很气愤，于是搭车去了阿斯特旅馆。在那里帮我订了一个房间，让我做他的私人秘书。"

"那就是你的新工作，菲尔？"朱丽娅问。

"是的。"

"他以后会对我很好？"福布什夫人充满希望。

"他不但送钱给您，而且明天还会来看您。"菲尔说，"这是100美元。"

"给我？"她问。

"是呀！"

"朱丽娅，"福布什夫人转向女儿说，"上帝听见了我的祈祷，好日子等待着我们呢！"

"也包括菲尔。"菲尔微笑着补充一句。

"对。我希望你也能分享我们的好运。"

"妈妈，您最好问问菲尔租房子的事。"

"哦，对了。"

于是福布什夫人告诉了菲尔房东来过的事，征求他的意见。

"该不该继续租这个房子？"她说，"虽然有了奥利佛姑丈的这笔资助，我还是难以决断，菲尔，你的意见呢？"

"我认为您最好别决定，等见了您姑丈再说。也许他有什么安排。不管租不租我要先把一周的食宿费付给您。"

"不，菲尔。我不会再拿你的食宿费了，不是你的话，我还得不到这些钱呢！"

"费用就是费用，福布什夫人，我希望把它付清。今晚我就不在这里吃晚饭了，卡特先生还等我回旅馆。明天我会和他一起来。"

菲尔在从百老汇大街回到旅馆的路上遇到了阿隆·皮特金。

"我要问问他，他姑爷爷叫他寄给我的那封信到底怎么了。"菲尔心里想着，便迈开大步朝着阿隆走去。

阿隆见菲尔向他走来，觉得奇怪，决定跟菲尔谈谈，以便看看他有什么打算，或者正在做什么。他一心希望菲尔找不到工作，陷入困境。

阿隆想："他一心讨好奥利佛姑爷爷。他肯定是处心积虑地想把我排挤掉，不过跟妈妈和我作对是行不通的。"

"啊！是你呀？"阿隆招呼道。

"是的。"菲尔回答。

"我爸爸把你开除了吧？"阿隆得意地说。

"不错。"菲尔回答，"就是他解雇了我。这不正如你所愿嘛。"

"你总算明白了。"阿隆说，"又找到工作了吗？"

"你怎么关心起我来了？"菲尔问。

"哼，鬼才关心呢！"阿隆回答。

"那是好奇？"

"差不多吧！"

"那么我告诉你，我找到工作了。"

"什么工作？"阿隆有些失望地追问。

"没必要说得太具体吧！"

"对，我想也是。"阿隆嘲笑道，"是不是在卖报纸或擦皮鞋。"

"你搞错了。比在你父亲那里做听差好多啦。"

阿隆听到这话感到很懊恼。

"你的新老板没有要介绍信？"

"他说没有那个必要！"菲尔回答。

"要是他知道你被解雇，他肯定不会用你。"

"他知道这事。你问完没有，阿隆？"

"放肆，应该叫我皮特金先生。"

阿隆这种自以为了不起的样子菲尔觉得好笑，不过没说什么。

"我想知道，卡特先生给我的信你把它弄到哪里去了？"菲尔问。

阿隆感到有些吃惊，不过没有惊慌。其实当他接到信就断定里面肯定是钱，就拆开，将钱拿走。拿到的钱他并不想花，到现在还放在他的口袋里，他打算把它存起来。

"不知道你在说什么。"他支吾着说，"你说的是封什么信？"

"就是卡特先生让你给我的那封信。"

"如果他让我寄什么信的话，我肯定早已经寄出去了。"阿隆自己都不知道该怎样回答。

"可是我到现在都没有收到。"

"那你听谁说他给了我信呢？"阿隆茫然不解地问。

"这个我不会告诉你的，但是的确有这样一封信交给了你。你知道里面放的是什么吗？"

"不就是写的一些什么东西么。"阿隆轻率地说。

"是的，不过还有一张10美元的钞票。但我并没收到这封信。"菲尔盯着他的脸说道。

"你真会编故事！"阿隆说，"我认为奥利佛姑爷爷不会那么傻，给你寄钱。如果他寄了你就应该收到了，可现在你又假装没有收到，还想到这里来继续骗钱。"

"你完全错了。"菲尔平静地说。

"如果你没有收到信，那怎么知道上面写了什么，还知道里面有钱呢？"阿隆得意地问，觉得这个问题对菲尔是个沉重打击。

"我不会告诉你我是怎么知道的，你是不是不打算承认啊？"

"我忘记奥利佛姑爷爷是不是真让我寄过信。"

"那你告诉我他在佛罗里达的地址，我写信问问他。"

"不，不行。"阿隆气愤地说，"你这样的要求真是太无耻了。我妈妈说你是她见过的最坏的小子，真的没错。"

"行啦，阿隆。"菲尔平静地说，"我想要知道的都知道了。"

"你知道了什么？"阿隆惊惶地问。

"别太担心。我想我知道那封信后来怎么样了。"

"你的意思是我拆开信把钱拿了？"阿隆脸都涨红了。

"我是不会随便说别人的，除非我能够证明。"

"你最好别那样！我如果发现你的老板是谁，就会让他知道你被我爸开除过。"阿隆盛气凌人地说。

"随便你！我很幸运能为那位先生工作，我敢肯定你说的任何谎言都不会伤害到我的。"

菲尔冷冷地说完，转身走开。

可阿隆把他叫回来，因为他的好奇心还没充分得到满足。

"喂，你还是在福布什夫人家里住么？"他问。

"不是的，我已经不在那里住了。"

阿隆这下放心了。他们在一起让母亲非常不安。总是担心他们会合谋去讨好她富有的姑丈。

"我妈妈说她不好。"阿隆不禁加上一句。

"她是一位很好的女士。"菲尔温和地说，他不能忍受别人说朋友的坏话。

"还女士呢？她只能算一个穷光蛋。"阿隆讥笑道。

"但是不会因为她穷就不能被称为女士了。"

"奥利佛姑爷爷不喜欢她！"

"是的！"菲尔说，停下看看阿隆还有什么要说的。

"我妈妈说她自己给自己丢脸，所有亲戚都放弃了她。你以后要是见到她，就告诉她以后别再偷偷摸摸到我家来了。"

"如果你写封信告诉她，我会替你传达的，绝不会像你那样交不到人家手里的。"菲尔说。

"我才懒得理她呢。"阿隆傲慢地说。

"那你对我还是太好啦，花那么多时间来和我聊天。"菲尔调侃地说。

阿隆不知如何回答菲尔的话，只好带着满腹狐疑走开了，心中感到有些忐忑不安。

阿隆自言自语道："这小子，到底是怎么知道奥利佛姑爷爷让我寄信给他的？如果他知道我拆开信拿走了钱，就会有大麻烦了。

我想最好见到他就躲，永远都别再见到他了，他会报复的。"

对于阿隆拆信的事情就连皮特金夫妇都不知道。

虽然他们很不情愿让菲尔收到这样一封信，但毕竟还是有头脑的，不会纵容儿子这么做的。

"哦，"卡特先生问刚进屋的菲尔，"见到福布什夫人没有？"

"见到了，先生，我把钱也交给了她。她太高兴啦，但更让她高兴的不是得到那么多钱，而是知道您终于接受了她。"

"可怜的姑娘！恐怕她吃了不少的苦。"老人说，忘了她现在已是个有些憔悴的妇女了。

"她虽然遇到过许多困难，先生，不过她已经不在乎了。"

"只要我还活着，她以后的日子就会好过的。我明天就去看她。菲尔，我们一起去吧。"

"好的，先生。顺便告诉你，我刚才路过百老汇时遇见了阿隆。"

他详细讲述了自己和阿隆的谈话。

"现在看来真的是他把钱拿走了，让他拿吧，他会因小利而付出巨大的代价。"

第 15 章

转 运

第二天早上，卡特先生对菲尔说："你去叫一辆马车来，要找四人坐的那种。"

"是，先生。"说完，菲尔就出去了。

5分钟后，一辆四人座马车来到门口。

"好了，菲尔，我们去见我的侄女吧！"

"福布什夫人可没见过有人坐马车去拜访她。"菲尔笑道。

卡特先生说："是啊！我不该这么久都不管她。我以前比较喜欢瑞贝卡而不是娜维亚，娜维亚在很多方面都不如瑞贝卡。瞧，菲尔，我真是个老傻瓜啊！"

"可是您现在做得很好，卡特先生，"菲尔笑着说，"一个人永远都来得及改正错误。"

"说得太对了，你这句话说的就像是一个小哲学家。"

"这是我从书上看来的，卡特先生。"

"是吗？菲尔，你一定受过不错的教育。"

"可以这么说吧！先生，这都多亏我的父亲布伦特先生。我的拉丁语学得很好，懂一些希腊语。"

"你想上大学吗？"卡特先生问。

"想过，先生。"

"你愿意去吗？"

"假如父亲活着的话，我本来会上大学的，可是继母说那样太傻，等于白扔钱。"

"说不定她准备把钱留给自己儿子去上学？"老先生说道。

"乔纳斯可不愿意去受那种罪。"

"说到你的继母，你最近没有她的消息吗？"

"我只听说他们离开了老家，至于去了哪里，我也不知道。"

"这可真奇怪。"

说着说着，他们来到了福布什夫人的住处。

"这就是瑞贝卡住的地方？"卡特先生问。

"是啊，先生！可是真的无法跟皮特金太太的房子比。"

"是呀！"卡特先生若有所思地回答。

菲尔按响门铃，两人来到客厅。没等多久，福布什夫人便出现了，看得出来，她有些抑制不住内心的兴奋。

"瑞贝卡！"老先生叫着站起身来，15年前最后一次见到侄女时，她还是小女孩，现在却发生了那么大的变化。

"奥利佛姑丈！您真是好心，还来看我！"福布什夫人叫道，眼泪夺眶而出。

"好心？别讽刺我了！我这么久都不理你。有些人总是千方百计让我们分开。你丈夫去世了吗？"

"是的，姑丈。他很穷，但他是个好男人，让我感到幸福。"

"我开始觉得自己真是个老傻瓜，瑞贝卡。菲尔，你说呢？"

"哎呀！卡特先生。"菲尔叫道。

"是的，你一定是这么认为，菲尔。"卡特先生说，"不过，就好像你刚才讲的那样，永远都来得及改正错误。"

"福布什夫人会认为我对您太放肆了，先生。"

就在这时，朱丽娅走进屋里。她有些害羞，不敢进来，直到福布什夫人对她说：

"朱丽娅，这就是奥利佛姑爷爷。你以前曾听我说起过的。"

"是的，妈妈。"

"我敢说，你肯定认为我是个老傻瓜。好啦！朱丽娅，来亲亲姑爷爷。"

朱丽娅脸红了，但还是跑上去亲了一下。

"我知道她是你的孩子，瑞贝卡，她跟你小时候一模一样。对了，你们今天上午还有别的安排吗？"

"没有，奥利佛姑丈。"

"门口有辆马车，你们收拾一下，我们去商店买些东西。"

"买东西？"

"是的，我要把你们两个打扮得漂亮一点。老实说，瑞贝卡，你的衣服实在是太破旧了。"

"我知道，姑丈，可是随时都需要花钱，我哪里还顾得上衣服啊！"

"这个我可以理解，不过现在情况不同了。"

"我们又不用赶时髦，姑丈。"福布什夫人说。

他们上了马车，来到一家豪华的大型商店，这里的女性服装应有尽有，福布什夫人挑了一些十分朴素的衣服，但奥利佛先生坚持给她买那些华贵的服饰。

"可是，姑丈，"福布什夫人说，"一个出租房屋的老板娘怎么能打扮得那么时髦。"

"你以后只需接纳菲尔和我就行了。"

"您真的要和我们住在一起吗，姑丈？可是我这里实在太破旧了。"

"当然，不过你得搬走。等你买完东西我再告诉你。"

他们买完东西又上了马车。

"去麦迪逊大道××号。"卡特先生对车夫说。

"奥利佛姑丈，你把方向搞错了吧！"

"没有，瑞贝卡，我知道自己要去什么地方。"

"您住在麦迪逊大道？"福布什夫人问。

"你们也是的。我在麦迪逊大道有一间房子，最近的租户到欧洲旅行去了，所以房子就空了下来。你明天就搬过来，做我的女管家。"

"您对我们这么好，我该怎么感谢您呢？"福布什夫人高兴得热泪盈眶，"我苦苦挣扎了这么多年，终于可以喘口气了。"

"不过你恐怕得迁就一下我的那些古怪想法。"奥利佛姑丈

微笑着说，"我是个很专制的老家伙，如果谁不听话的话，我就让他滚蛋。"

"我呢，卡特先生？"菲尔问。

"你也不例外。"

"那么，假如您解雇我，我就跑到皮特金先生那里去找工作了。"

"那不是自投罗网吗？"

这时他们已经到达奥利佛先生的房子面前。它的门面用褐色石头筑成，看起来很有气派，里面的家具相当齐全，漂亮极了。卡特先生选了第二层楼自己用，把第三层楼一间较大的房间给菲尔住，让福布什夫人再挑两个房间给朱丽娅和她自己住。

"这比皮特金太太的房子好多了。"菲尔说。

"没错。"

"要是让她知道了，肯定会嫉妒死的。"

"当然，不过她活该。"

大家安顿好了之后，第二天福布什夫人和朱丽娅就把他们原来的小房子退租，把那些廉价的家具卖掉，而卡特先生和菲尔也从阿斯特旅馆搬了过来。

"皮特金一家人知道这件事的话，"菲尔想，"他们一定会很难受的。"

第 16 章

惊闻意外

  菲尔和福布什夫人的生活已经发生了很大变化的时候，阿隆也把遇到菲尔的经过讲给了妈妈听，不知内情的皮特金太太还安慰自己的宝贝儿子。

  "你放心，他肯定是在撒谎，隆尼。"皮特金太太说，"童工是没那么容易找到工作的，而且他还没有前任老板的介绍信。"

"其实我也是这么想的，妈妈。"阿隆说，"可是菲尔看起来仍然很神气，而且还像以前一样，一点礼貌都没有。"

"他确实不懂礼貌。而且我觉得他只不过是在装腔作势地欺骗你罢了。"

"可是他从哪里弄到钱生活呢？"阿隆问道。

"我想他大概是在城市的某个角落里卖报纸或擦皮鞋吧！他也许可以赚到足够的生活费，但是他不敢告诉你，因为怕你嘲笑他。"

"希望如此，妈妈。我以后要多到市政公园或其他地方转转，说不定能遇上他擦鞋呢！到时候我一定叫他给我擦皮鞋，好好羞辱他一下。"

"他当然会帮你擦的。"

"我很想明天就去找找他。"

"好吧，隆尼。"

阿隆第二天真的去找了，不过他没有找到菲尔。我们知道，菲尔这时正在替卡特先生当秘书呢！卡特先生这时发现自己对小菲尔的工作表现非常满意。

差不多一个星期过去了。虽然奥利佛姑丈在纽约已经住了很久，但皮特金一家仍然以为奥利佛姑丈在遥远的佛罗里达州度假呢！

　　直到有一天，皮特金太太的朋友范里弗夫人突然造访，皮特金太太才发现大事不妙。

　　"奥利佛·卡特先生是你姑丈吧？"范里弗夫人问道。

　　"是的。"

　　"前几天我在百老汇见过他，他看起来挺好的。"

　　"那一定是在两星期之前吧！奥利佛姑丈目前在佛罗里达州呢！"

　　"佛罗里达州！"范里弗夫人惊奇地叫道，"什么时候去的？"

　　"是什么时候去的，隆尼？"皮特金太太问儿子。

　　"到下星期二才满两个星期呢！"

　　"你们一定是弄错了吧！"客人说，"前天我还在百老汇看见他呢！就在第二十大道附近。"

　　"我敢肯定是你弄错了，夫人。"皮特金太太非常肯定地说，"你一定是认错人了。"

　　"不会的，皮特金太太。"范里弗夫人坚定地说，"我认得卡特先生，当时还停下和他说话呢！"

　　"你肯定吗？"皮特金太太一副诧异的神情。

　　"当然。"

　　"你叫了他的名字？"

"当然，我甚至还提到过你。他说他知道你过得很好。"

"不错。"皮特金太太尽量掩饰自己内心的惊恐，"大概是奥利佛姑丈提前回来了，只是路过纽约吧。他在西部还有一些生意。"

"我觉得他并不只是路过这里，因为我有一个朋友昨晚还在第五大道剧院看过他。"

这时皮特金太太已经吓得一脸苍白了。

"这可太令人意外了。"她说，"他是单独一个人吗？"

"不，他带着一位女士和一个男孩。"

"难道奥利佛姑丈会娶了某个寡妇？"皮特金太太心想，"那可就太糟糕了！"

范里弗夫人起身告辞之后，皮特金太太转向阿隆，声音沉重地说："隆尼，你听到范里弗夫人说的话没有？"

"听见了！"

"难道奥利佛姑爷爷又结婚了？"她问，同样声音沉重。

"我一点也不觉得奇怪，妈妈。"

"如果是那样的话，意味着什么？我可怜的孩子，我以为奥利佛爷爷的财产会全部归我们呢！可是……"她几乎快崩溃了。

"他也许只是订婚呢！"阿隆安慰道。

"是啊！"皮特金太太脸上又露出了喜色，"如果是那样的话，这事倒还可以挽回。唉！隆尼，我从未想过你姑爷爷会那么狡猾。他竟然骗我们说去佛罗里达州。"

"我们该怎么办呢，妈妈？"

"我要尽快查明奥利佛姑爷爷现在的住址，然后我们去看他，避免他做出蠢事。"

"怎么查呢，妈妈？"

"不知道，这确实让人伤脑筋。"

"为什么不去雇个侦探呢？"

"我怕你姑爷爷知道了会生气的。"

"你认为菲尔会知道这件事吗？"阿隆说。

"不知道，不过我相信他不会的。你知道他现在住在哪里吗？"

"还是那个地方，那个自称是您表姐的女人那里。"

"我想起来了，隆尼。我要坐马车到那里走一趟。但你必须小心别让他们知道奥利佛姑爷爷人在纽约。我不希望他们见面。"

"好的，您放心吧，妈妈！"

不久，皮特金家的马车停到门口，皮特金太太和阿隆上了车，很快来到福布什夫人先前住的那间房子。

"真是一个下等人住的地方！"阿隆一脸傲慢地看着那个小

小的房子。

"她也只配住这样的房子。隆尼，去按一下门铃吧，问问福布什夫人是否住在这里。"

一个小女孩打开门，穿着一身破旧的衣服，看起来倒与这个寒酸的住处挺相配。

"她或许是瑞贝卡的孩子吧！"皮特金太太从马车窗口往外看着说道。

"福布什夫人住在这里吗？"阿隆问。

"不，现在住在这里的是卡瓦讷夫人。"

"以前的福布什夫人不住在这里了吗？"阿隆又问道。

"一周前搬走了。"

"你知道她搬到哪里去了吗？"

"不知道。"

"有个叫菲尔·布伦特的男孩住在这里吗？"

"没有。"

"你知道福布什夫人为什么要搬走吗？"阿隆又问。

"也许是因为她缴不起房租吧！"

"很有可能。"阿隆满意地回答。

"好啦！妈妈，没什么值得再查的了。"他说。

"回家！"皮特金夫人说。

他们回到第十二街的家时，却碰到一件让他们大感意外的事。

"您看看谁在楼上，夫人？"汉娜说。

"谁？"

"是您的奥利佛姑丈，夫人，他刚从佛罗里达州回来。不过我想他正要搬到别的地方去。"

"阿隆，我们上去看看他。"皮特金太太一脸焦虑地说，"这到底是怎么一回事啊？"

当皮特金太太带着阿隆走进房间的时候，卡特先生正从自己的衣柜里取出东西，并把它们装进一个箱子里。看到这种情形，皮特金夫人不由得大惊失色。

"奥利佛姑丈！"她一下跌坐椅子上，惊叫了起来。

"啊！是你，娜维亚！"他平静地说。

"您在做什么？"皮特金夫人问道。

"我在收拾行李。"

"您要离开我们？"皮特金太太吞吞吐吐地说。

"我觉得还是应该改变一下环境。"卡特先生说。

"这真是令人意外。"皮特金太太说，"您什么时候从佛罗里达州回来的？"

"我根本没去那里，刚到查尔斯顿，我就改变了主意。"

"您回纽约多久了？"

"不到一个星期。"

"可是您却从没回来过，为什么呢？我们做错了什么事情吗？"皮特金太太一边说，一边用手帕擦眼睛。

当然，我们知道，她的眼里并没有眼泪，她这样做，只不过试图打动奥利佛先生罢了。

"你知道瑞贝卡·福布什住在城里吧？"老先生突然问。

"知道。"皮特金太太吃惊地回答。

"你见过她吗？"

"见过。她来过这里。"

"你当时是怎么对待她的？"卡特先生严厉地问道，"你是不是把她赶到门外去？你不是告诉她，我对她非常生气吗？"

"是的，我也许说过。可是您知道，奥利佛姑丈，您已经很多年没跟她联络过了。"

"是呀——所以我感到很惭愧！"

"我认为您也不喜欢她。"

"你还认为她会把我的财产夺走，那样你和阿隆就得不到了，是不是这样的？"

"啊！奥利佛姑丈，您怎么会把我想象得那么卑鄙呢？"

卡特先生微笑着，确切地说，应该是冷笑着注视自己的侄女。

"这么说是我冤枉了你，娜维亚？"他转过身。

"真的，太冤枉了。"

"我很高兴听到你这么说。现在我想我可以告诉你我的计划。"

"您有什么计划？"皮特金太太问。

"我在你家住了10年，一直没有跟瑞贝卡联络。我想我应该好好关心一下她，这样才公平。所以，我让她住在我麦迪逊大道的那间房子里，做我的女管家。"

突然之间，皮特金太太觉得天好像快要塌下来了。眼看自己多年的计划就要化为乌有了。

"瑞贝卡真有办法啊！"她一脸痛苦地说。

"她根本没想任何办法，是我主动找她的。"

"您怎么知道她住在哪里？"

"是菲尔告诉我的！"

听到这个名字，皮特金太太的惊恐不由得又加深了一层。

"这么说那小子已经取得了您的信任！"皮特金太太说，"他确实不是个好孩子，皮特金先生被迫把他解雇，可是他又跑到您那里来害我们。"

"为什么要解雇他？"卡特先生严厉地问，"为什么你丈夫

在我离开的时候把我喜欢的人赶走？另外，他为什么不愿意帮那个孩子写介绍信？"

"您得问问皮特金先生，我相信他那么做一定有他自己的理由。不过我也觉得菲尔不是什么好家伙。"

"是这样的，妈妈！"阿隆插嘴道。

"呃！我有话问你，阿隆。"卡特先生转向阿隆问道，"你把我离开前叫你寄的那封信如何处置了？"

"寄出去了呀！"阿隆不由得紧张起来。

"你知道里面有什么吗？"

"不知道。"阿隆忐忑不安地回答。

"10美元。那封信是叫你寄给菲尔的，可是他根本没收到。"

"我……不知道这件事。"阿隆吞吞吐吐地说。

卡特先生说："我也许要请个侦探查查这事。"

阿隆顿时不知道该说什么好。

"您为什么责怪我的孩子？"皮特金太太问，"那个叫菲尔的家伙一直在说这个孩子的坏话？"

"并不是你说的那样，娜维亚。"

"阿隆可是您的近亲，他对您也很忠诚呀！"

"我可不这样觉得。"卡特先生似乎觉得皮特金夫人的话有些好笑，"不过菲尔倒没有极力伤害他。我只是问菲尔是否收到那封信，他说没有。"

"我敢说他实际上收到了。"皮特金太太咬牙切齿地说。

"这件事就说到这里吧！"老先生说，"我只能说你、阿隆，还有皮特金先生做错了。你们千方百计伤害了两个人，其中一个就是你的表姐。"

"您真不应该这样对待我，奥利佛姑丈。"皮特金太太觉得自己必须换另外一种办法了，"我并不讨厌瑞贝卡，至于那个男孩，我可以让皮特金先生再叫他回公司工作。"

"我可不希望如此。"卡特先生出人意料地说。

"那也好，"皮特金太太松了一口气，"我听您的。"

"我对菲尔有其他安排。"卡特先生说，"我想让他做我的私人秘书。"

"他跟您住在一起？"皮特金夫人惊恐失色地问道。

"是的。"

"我觉得您用不着雇用他，奥利佛姑丈。就让阿隆做您的秘书吧！"

"我不会夺走你的阿隆的。"卡特先生说，声音带着几分讽刺的语调，"菲尔更适合我。"

说完，卡特先生转身继续收拾东西。

"您真的要离开我们？"皮特金太太忧郁地问道。

"是的。"

"不过您还是会回来吧！比如说几个星期以后？"

"不，我想不会。"卡特先生生硬地回答。

"我们再也见不到您了吗？"

"嗯！我会偶尔来看你们，另外你也知道我住在哪里，随时都可以来看我。"

"别人会议论纷纷的。"皮特金太太抱怨道。

"让他们说吧！我从来不理会这些闲言闲语。好了，娜维亚，我必须专心收拾东西了。明天我会带菲尔来帮我一下。"

"让阿隆帮您行吗，奥利佛姑丈？"

这个提议被拒绝了，这真使阿隆高兴。他害怕姑爷爷会继续追问那10美元的事。

皮特金太太又羞又恼地走下楼。她要控制奥利佛姑丈，可是依目前的情况来看，她的努力显然失败了，福布什夫人和菲尔即将取代她和阿隆在姑丈心目中的地位。皮特金先生下班回来后也听说了这件事情，但他好像也没有其他好主意，该怎么办呢？

虽然皮特金夫妇得知，菲尔和他们的表姐已赢得了奥利佛姑丈的欢心，可是他们又不敢把憎恨表现出来。他们发现奥利佛姑丈本来有一份对他们有利的遗嘱，并且打算执行。如果他们一开始就对菲尔他们好一点，他就会继续和他们住在一起，而不会和福布什夫人及菲尔一起住。

"我恨那个女人，皮特金先生！"他妻子狠狠地说，"我看不起她的小人行径。她怎么能不动声色地把奥利佛姑丈给蒙蔽了，还赢得了他的欢心！"

"你做得真的不怎么样，娜维亚。"丈夫气冲冲地说。

"我？你怎么可以这样说我，皮特金先生。这都是你一手造成的，是你把那个小孩赶走了，才引发这样的后果，他如果待在你公司里，就不会去码头遇见奥利佛姑丈了。"

"可是，这是你和阿隆让我这么做的啊！"

"哈！当然是我和阿隆了，当你看见瑞贝卡·福布什和那个小孩大把大把弄走奥利佛姑丈的钱时，你就会明白了。"

"的确，你是一个非常不讲理的女人，娜维亚。这样相互指责、怪罪又有什么用，我们现在要做的就是尽量挽回这一切。"

"我们怎样才能挽回？"

"我们必须重新与奥利佛姑丈建立良好的关系，他们还没有得到钱呢——记住这一点！"

"你再说得具体一点，到底该怎么办？"

"是的！我们要尽快去拜访麦迪逊大道的那个家。"

"去拜访那个女人？"

　　"是的，尽量把事情缓和下来。阿隆也要去，叫他对菲尔礼貌些。"

　　"隆尼不会心甘情愿地自贬身价的。"

　　"他必须那么做。我们都犯了一个错误，越早改正越好。"皮特金先生坚决地说。

　　皮特金太太在心里仔细权衡着。这个建议虽然使她不高兴，但也只有这样了。奥利佛姑丈的那些钱，一定不能让它从自己的指缝间溜掉。所以对阿隆进行适当的培训一两天后，皮特金太太便安排好马车，正式去拜访她以前的穷亲戚。

　　"福布什夫人在家吗？"她问佣人。

　　"在，夫人。"一个男佣回答。

　　"你把这张名片拿给她。"

　　皮特金太太和阿隆被带进客厅，这比他们家的客厅还高雅、豪华。她和阿隆在沙发上坐下了。

　　"没想到瑞贝卡·福布什竟然过着这样好的生活。"她说。

　　"还有那小子。"阿隆补充道。

　　"是的！你姑爷爷真是昏了头。"

　　这时福布什夫人走了进来，女儿跟在她后面。她不再穿着那些破旧衣服，现在穿得既高雅又脱俗。她本来不想打扮得这么漂亮，但奥利佛姑丈坚持要她这么做。

"很高兴见到你们，娜维亚，这是我女儿。"她开门见山地说。

朱丽娅也穿得非常时髦，阿隆尽管对她有偏见，但也情不自禁地喜欢看这个漂亮的表妹。

福布什夫人觉得她现在在表妹面前的举止与上次见面相比，真是大不相同，当时自己还穿着破旧的衣服去第十二街拜访皮特金太太。不过福布什夫人是个宽宏大量的人，不会计较那些事情的。

母子俩正起身要走的时候，卡特先生和菲尔进来了，是福布什夫人叫人去请他们回来的。

"你好，菲尔。阿隆，这是菲尔。"皮特金太太亲切地说。

"你好吗？"阿隆嘟哝道，嫉妒地盯着菲尔那身高贵的新衣，觉得他比自己英俊多了。

"我很好，阿隆。"

"你有时间一定要来我家看隆尼啊！"皮特金太太说。

"谢谢，我会的！"菲尔礼貌地回答。

他没有显示出很高兴的样子，因为他是个直率的孩子，并不感到这有多高兴。

奥利佛姑丈又差点被侄女的这种姿态给骗了。他为这表面上的和解感到高兴，比自己回来时显得更加亲切。

没多久，皮特金太太起身告辞。

当她又坐回马车后，她暴躁地说：

"我恨透他们了！"

"那您刚才还对他们那样好，妈妈。"阿隆说。

"我是没有办法。不过总有一天我会让奥利佛姑爷爷看到那个阴狠的女人和狡猾的小子耍花招的。"

能够说出这样的话，才是真实的皮特金太太。

第 17 章

菲尔的信用

在菲尔的工作中，有一项就是替卡特先生管理银行方面的事务。如果卡特先生需要存钱，或者随时用个人支票提取现金，都会由菲尔去办理。

前面已经说过，在公司里卡特先生是个不参与经营活动的合伙人，而皮特金先生才算是真正的老板。合伙人当中有个规定，每人每周可以提取200美元作为日常费用。如果有剩余，年底时

就按照合伙条件进行分配。

　　菲尔第一次带着卡特先生的字条在公司出现时，立刻引起了职员们的注意，大家都知道他是被皮特金先生解雇的。然而他现在却穿着一身新衣，还戴着一只手表，显示出一副成功人士的派头。其中最吃惊的人莫过于威尔伯先生了，因为他们是朋友，所以菲尔就聊了几句。

　　他问菲尔："皮特金先生要你回公司吗？"

　　"不是的，"菲尔很快回答，"即使他让我回来也不可能的。"

　　"那你是另外找到工作了？"

　　"是的。"

　　"在哪家公司工作？"

　　"没有在公司里，我在做卡特先生的私人秘书。"

　　威尔伯先生既惊讶又敬佩地看着他。

　　"你的工作很轻松吧？"他问。

　　"是的，工作非常愉快。"

　　"那他给你多少薪资呢？"

　　"每周12美元，外加食宿。"

　　"你是在开玩笑吧？"

　　"没有，是真的。"

"哦！他还需要秘书吗？"威尔伯先生问。

"没有听说，我想是不需要了。"

"那你一定不住在以前的地方了。"

"是的，我住在麦迪逊大道。对了，威尔伯，你的那位情人现在怎么样了？"

一听此话，威尔伯先生顿时神采飞扬。

"我想现在进展得非常顺利。"他说，"有一天晚上我遇见她时，她对我笑了。"

菲尔说："真让人高兴，皇天不负苦心人呀！有一次我在本子里就是这样写的。"

皮特金先生见到菲尔时的样子，是菲尔从未想过的。皮特金先生认为自己必须尽力与奥利佛姑丈和好，但他貌似友善的时候，却远比粗鲁无礼的时候更加危险。他现在甚至谋划着怎样让菲尔陷入困境，进而使他在奥利佛姑丈那里失去信任。

通常皮特金先生都是把卡特先生的钱用支票方式交给菲尔。但有个星期六，他却交给菲尔200美元的现金。

"你看我对你多么信任。"皮特金先生说，"支票你是花不了的，但现在你却可以拿着钱跑掉。"

"要是那样的话，真是太愚蠢了。"菲尔回答。

"是的，是的。我知道你是可信的，不然我就会给你支票

了。"

菲尔刚离开办公大楼时，就有一个公司职员模样的男人跟上了他，他却没有察觉。

啊，菲尔，你已身临险境却浑然不知。

此时的菲尔觉得自己应该比平时更加小心，因为身上带的是现金，是很容易被偷的。其实现在他就处于异常危险之中，只是自己毫无察觉罢了。

他来到百老汇大街，没有搭公共汽车，一路朝着非商业区走去。他知道不用急着回去，便来到一条热闹的大街上，和别人一样，他被繁华的街景深深地吸引住了。

一个看起来约40岁、皮肤黝黑的男人总是在一二十英尺的地方跟着菲尔。但是菲尔是不会注意到他的。

无论这个男人到底想做什么，他一开始只是形影不离地盯着菲尔。但当两人都走到布利克街的时候，那个男人突然跑过去追上菲尔，拍了拍菲尔的肩膀，假装跑了很远的路一样，喘着气。

菲尔迅速转过身，诧异地看着陌生人。"您找我吗，先生？"他问。

"我也不知道是不是你，或许是我弄错了。你是在为奥利佛·卡特先生做事吗？"

"是的，先生。"

"啊！那你就是我要找的孩子了。有个坏消息我必须要告诉你。"

"坏消息！"菲尔惊恐地重复道，"是什么坏消息？"

"半小时前卡特先生在大街上突然发病了。"

"他……不会死了吧？"菲尔惊慌地问。

"不，应该不会，我想他应该会好起来的。"

"那他现在在哪里？"

"他现在在我家里。我根本不认识他，但我在他口袋里发现一封信，上面写着'奥利佛·卡特，麦迪逊大道'，还有一张名片。他是和皮特金先生有生意往来吗？"

"对，先生。"菲尔回答，"那您家住在什么地方呢？"

"我家就在布利克街，离这里不远。卡特先生现在正在床上躺着，昏迷不醒。我老婆听见他总是在叫'菲尔'，我想你应该就是那个菲尔吧？"

"是的，我就是菲尔，先生。"

"我刚才找到他公司，他们说你刚刚离开。他们告诉我你的外貌特征，我就急急忙忙来找你了。你打算去我家看看卡特先生吗？"

"是的，先生。"菲尔回答。

"谢谢你，这下我就放心了。你可以告诉他的朋友们，好找

人设法把他送回家。"

"我会的，先生，我就住在他家。"

"那真是太好了。"

他们转身向布利克街走去，菲尔好像想起什么，说："卡特先生怎么会到这附近来呢？"

"这个我也说不知道，我根本不知道他的事情。"陌生人和蔼地说，"也许他在这条街上有房屋吧！"

"我觉得不是这样的。他很多事都交代我去办，如果这条街上有什么房屋需要打理的话，他一定会派我来的。"

"你说得也对。"那个人说，"我什么都不了解，只是随便猜猜罢了。"

"给他请了医生没有？"菲尔问道，"您知道该请什么样的医生吗？"

"我太太已经派人到第六大道去请医生了。"陌生人说，"没来得及等医生来，我就赶忙到他的公司去找你了。"

这个陌生人的回答敏捷又合理，而且菲尔也不是一个多疑的人。他如果在这个城里生活的时间再久一些，他就会慎重考虑这件事了。不过卡特先生早餐时曾说过要出门，而且在他去公司前卡特先生确实也出去了。他一时忽略了自己身上还带着一大笔钱，但这些他很快就会想起来的。

快到第六大道的时候，带路的陌生人在一间破旧的砖楼前停了下来。

"我就住在这里，请进吧！"那个人说。

他拿出钥匙把门打开，菲尔跟着他上了三楼。然后他打开一间屋子的门，示意菲尔进去。

菲尔进屋后，着急地到处张望，想看看卡特先生在哪里，但屋内根本没有人。当他转身想问那个陌生人时，顿时惊讶万分，然而更让他吃惊的还不止这些，只见那个人已从里面把门锁上了，钥匙放进自己的口袋。

"您干吗把门锁上？"菲尔突然有些惊慌地问。

"你认为呢？"陌生人回答，脸上带着令人厌恶的奸笑。

"你为什么要把门锁上？"

"我想只有这样才是最安全的。"那个人回答。

"卡特先生肯定不在这间屋子里。"菲尔立刻说道。

"他本来就不在，年轻人。"

"那么你为什么要骗我？"菲尔非常气愤。

"我不这样说，你怎么肯来这里呢？"那个人满不在乎地回答。

"那么，卡特先生他真的病了吗？"

"我想他应该没有生病吧！"

"这么说你早就预谋好了来骗我的！"

"是的，你现在知道了也没有关系。"

菲尔现在猜到那个人把他骗到这间屋子里来的目的，口袋里的200美元让他感到非常不安。说实话，要是这笔钱是他自己的，他还不至于那么担心。他想如果这笔钱被抢走的话，别人肯定会怀疑自己。他最不能忍受的，就是卡特先生对自己那么好，而他却被误会成一个见利忘义的小人。可能眼前这个男人还不知道自己身上有这么多钱，尽量不让他知道这个秘密。

"我很高兴卡特先生没事，你为什么要费那么大心思把我骗到这里。"菲尔说。

"这个嘛，至少有200个理由。"那个家伙说。

菲尔的脸一下子变白了，他明白自己的秘密已经被那个人知道了。

"你说的是什么意思？"他掩饰不住内心的不安。

"你知道的，小子。"那家伙说，"你身上有200美元现金，正是我的目的。"

"哦，这么说你是一个人人喊打的小臭贼了？"菲尔说。他只能用这种豪气十足的话来给自己壮胆了。

"怎么这么说话呢？我可不想被你这个小家伙侮辱，你最好别骂人。赶快把钱交出来。"

　　"我身上有多少钱你怎么知道？"菲尔问，他想尽量多争取一点时间，好让自己想办法脱身。

　　"你就别管那么多了。赶快把钱拿出来！"

　　"你不能抢这些钱。它不是我的！"菲尔急了。

　　"又不是你自己的钱，交出来有什么关系？"

　　"那是卡特先生的钱啊！"

　　"他有的是钱，不会在乎这些的。"

　　"但他会认为是我把钱私吞了，会认为我不够诚实，那我就根本说不清了。"

　　"这和我没有关系。"

　　菲尔恳求说："让我走吧！你抢劫我的事我绝对不会说的，要不然你会惹来很大麻烦的。"

　　"别说废话！赶快把钱拿来！"男人凶巴巴地说。

　　"我绝对不会给你的！"菲尔勇敢地回答。

　　"哼！你不给？那我只好自己动手拿了。如果伤害到你，也只能怪你自己。"

　　说着他一把抓住菲尔，但菲尔也拼命地反抗着。那家伙没想到菲尔竟敢如此勇敢抵抗，他有些愤怒了，他现在才发现自己想拿到钱也不太容易。菲尔自卫的本领，简直有些出人意料。他虽然是一个强壮的男人，但对手也是一个强壮的男孩，虽然正义在

菲尔这一边，可是在这种情况下正义也会暂时被邪恶压倒的。

菲尔终于被打倒了，那家伙用膝盖死命顶住菲尔的胸口，抢走了菲尔身上的钱。

"服了吧，你这小坏蛋！"那个人站起身来说，"看你自己做的好事。早就叫你交出来你就是不听。"

"我只要还能动，就必须尽力保护它，绝对不能让你抢走。"菲尔气喘吁吁地说。

"好的，如果你愿意这样做，我也没办法。"

他走过去把门打开。

"我现在可以走了吗？"菲尔问道。

"别臭美了，你老老实实在那里待着吧！"

门被关了起来，屋子里只剩下孤零零的菲尔。

菲尔走过去推了推门，发现门已经从外面锁上了。他明白自己现在已经被牢牢地关了起来。他走到窗前，可是这里也逃不出去。即使他能安全地钻出这小窗子跳到屋后的院子里，可是那里连门都没有，只能从这间屋子里通过，可是房子又被那个家伙给锁上了。

"怎么办才好呢？"菲尔充满绝望地说，"卡特先生会担心我的，也许还会怀疑我把钱拿走了！"

这可不得了。菲尔非常注重名誉，可是现在可能会被人误解成小偷，这点让菲尔痛苦万分。

"我真是太傻了，竟然落入这个圈套，我应该想到卡特先生是不可能到这里来的啊！"他自言自语地说。

就这样几个小时过去了，菲尔仍然逃不出去。看着时间一分一秒地过去，菲尔也越来越焦躁不安。

"他们到底打算把我关多久啊？总不至于关我一辈子吧？"他问自己。

大约6点钟，门被打开了一个细缝，不知谁送来了一盘面包、奶油和一杯冷水。菲尔虽然不是很饿，但他还是吃了送来的食物，他觉得自己必须保持好体力。

"现在看来，他们并不想把我饿死，对自己也算是一种安慰吧！"他想，只要活着就有希望。

一个多小时了，这间牢房似的屋子也逐渐暗了下来。屋里有张小床，他决定先睡一觉再说。

突然，不知道外面发生了什么事情，传来的声音特别嘈杂。后来菲尔才在那乱哄哄的声音中听到有人惊叫："着火啦！"

"着火了？什么地方着火了？"菲尔想。

但他很快被自己看到的景象吓坏了，着火的地方正是自己的这间房子！呛人的浓烟涌进屋子，外面传来纷乱的脚步声和尖叫声。

"天哪，我要被活活烧死在这里啊！"菲尔想。

他着急地在屋子里来回走着，并发疯似的敲打房门。终于，一个强壮的消防员把门砸开了。菲尔立刻冲出去，差点没被呛死。

菲尔一看自己已经到了大街上，就马上向家里飞奔而去。

这时候，家里的人也都在为菲尔的未归而焦虑不安。

"菲尔到底怎么了？"到了晚饭时间还没回来，卡特先生忧心重重地问道。

"他一向都很守时的，我也不知道是怎么回事。"福布什夫人回答。

我最担心的就是这点，我真怕他出了什么事。

"奥利佛姑丈，您派他到别的地方去了吗？"

"对啊！他像以前一样到皮特金先生那里去领支票了。"

"如果那样的话，他早该回来了。"

"是的，他没有必要在那里等很长时间的。"

"菲尔平时总是很细心的，我想他应该不会发生什么意外吧！"

再细心、谨慎的人，都会出意外的。

最后他们只好坐下来吃晚饭。但是，三个人由于担心菲尔，谁也吃不下。

奥利佛姑丈说："这孩子从来没让我这么担心过，他真是个好孩子，只要他能平安回来，就算是把钱弄丢了我也认了。"

晚上7点45分，门铃响了。佣人把皮特金夫妇和阿隆带了进来。

寒暄之后，皮特金夫妇向四周看了看问道："怎么没看到菲尔呢？"

"我们正为他担心呢！"卡特先生焦虑地说，"他早上出去到现在还没回来呢！他去你公司了吗，皮特金先生？"

"到现在还没回来？"皮特金先生装作很不高兴，别有用心地问。

"没有，他离开公司的时候是几点？"

"好几个小时了，我也许可以提供一些线索，但我不能保证自己说的完全正确。"

"有什么话你就赶快说吧！"奥利佛姑丈说。

"我今天给了他200美元现金，没有开支票。"

"是吗？"

"这下不就清楚了吗？200美元对他的诱惑太大了。奥利佛姑丈，我看短时间内他是不会回来了。"

"你的意思是说菲尔拿走那笔钱？"老先生气愤地说。

"他很可能盗用了那笔钱。"

"我肯定他不会的。"福布什夫人说。

"是的。"朱丽娅插嘴说。

皮特金先生耸耸肩说："这只是你们的妇人之见，我不这样想。"

"我也不赞成你们的说法！"皮特金太太极力点头说，"我始终就不相信这个小孩。我可以告诉你们，我早就警告过阿隆，叫他别和菲尔太亲近了。你还记得吗，隆尼？"

"当然记得，妈妈。"阿隆回答。

卡特先生平静地问："在你看来这笔钱是菲尔拿走了？"

"是的，我是这么认为。"

"唉！但我可没有这样想。"奥利佛姑丈理直气壮地说。

"您这样很容易上当的。"皮特金太太说。

"别把话说绝了。"卡特先生回答，别有深意地瞄了她一眼，这一眼看得皮特金太太很不自在。

"我想您得面对这个事实。"皮特金先生说，"如果我猜错了，那小子要是带着钱回来，我一定给您赔罪。"

正在这时，他们听见前门被打开了，菲尔急忙地冲进屋里。

皮特金夫妇惊讶而丧气地相互看了一眼，福布什夫人、朱丽娅和奥利佛姑丈却是非常高兴。

"菲尔，你去哪里了？我们都在担心你。"卡特先生的问话打破了房里的沉默。

菲尔回答说："我有个坏消息告诉您，先生。"他把自己遭遇的一切全部说了出来，"我把上午皮特金先生交给我的200美元弄丢了。"

"是真的弄丢了吗？"皮特金先生嘲弄道，故意把"弄丢"一词说得很重，表明自己根本不相信他的话。

"是的，先生，我把钱弄丢了。"菲尔勇敢地盯着皮特金先生的眼睛说："更准确地说，钱是被人抢走的。"

"噢！原来钱是被人抢走了，是吗？"皮特金先生说，"您看，奥利佛姑丈，这件事变得越来越有意思了。"

卡特先生冷静地说："是我的钱，还是我自己问好了。"

"是的，钱确实是您的。反正我已经付过了，您没收到，又不是我的责任。老实说，您该换一个秘书了，这样才是明智的。"

"为什么要换？"奥利佛姑丈不满地说。

"唉！奥利佛姑丈，"皮特金先生说，"我想您最终会采纳我的建议的。"

"我觉得让菲尔自己说是怎么回事。"卡特先生平静地说，"怎么了，菲尔？"

于是菲尔把事情经过讲了一遍。

"你们听，多好的一个传奇故事啊！"皮特金先生讥讽地说，"这么说，你一开始时被一个流氓跟踪，然后被人骗入贼窝，最后卡特先生的钱被抢走了，因为房子着火你才跑了出来，对吗？"

"就是这样，先生。"菲尔说，他看出皮特金先生在刁难自己，气愤得涨红了脸。

"你一定是经常看一些无聊的小说吧？要不然你的想象力不会这么丰富的，小子。"

"我一向都不看小说的，先生。"

"那你一定能写小说。一个16岁的小家伙想象力真是又大胆又丰富。"

"我认同我丈夫的看法。"皮特金太太说，"他根本就是在编故事，怎么可能发生那么复杂的事呢？你怎么还有脸站在这里，指望奥利佛姑丈相信你的谎言呢？"

"我从来都没有想过要你们夫妇相信我，因为你们对我永远不会公平的。"菲尔勇敢地说着。

"你马上就会知道，我姑丈是个很明理的人，他根本不会相信你的谎话。"皮特金太太反驳道。

"娜维亚，只说你自己的看法就行了。"卡特先生说，他有意让他们先说出自己的意见，"菲尔说的每个字我都相信。"

"什么？"皮特金太太有些吃惊，她转动着眼珠，摇头说道。她极力想表达自己的想法，但根本没有用。

"什么，奥利佛姑丈，像您这样明智的……"

"谢谢你的夸奖，娜维亚。"卡特先生嘲讽地说，"继续说下去。"

"我说您是被这小子迷昏了头。除了他刚才说的之外，我们什么也不知道。他根本就是在说谎。"

"菲尔走后有人去找过他吗，皮特金先生？"

"没有，先生。不管怎么说，他肯定在撒谎。"皮特金先生得意地回答。

"他只是在描述抢他钱的那个人，你要记住，菲尔没有为自己下任何断言。"

"是的，我知道。"皮特金先生挖苦道，"他的故事编得很好。"

"我可以把布利克街那间关过我的房子指给您和其他人看，在那里就能找到发生火灾的证据，卡特先生。"菲尔说。

"的确那里正好发生过一场火灾，刚好又被你看见了，于是你就决定把它编进你的故事里。"皮特金先生说。

"您认为是我拿了钱或者把钱拿去花掉？"菲尔直截了当地问。

皮特金先生耸耸肩。

"小伙子，"他说，"这个嘛，我只是说你的故事根本不可能发生，它是不可信的。"

"让我说几句吧！皮特金先生，我问你一个问题。"卡特先生。

"您问我一个问题？"皮特金先生诧异地说。

"对，今天你为什么要给菲尔现金，而不像以前一样开支票呢？"

"这，"皮特金先生略微迟疑，然后回答，"我想现金、支票对您来说都一样，何况现金更方便些。"

"你为什么要打破惯例？你认为这星期我特别需要用现金吗？"

"说实话，我可没想那么多。"皮特金先生犹豫地回答，"那不过是一时冲动罢了。"

"可是你这一冲动让我损失了200美元！帮帮忙，下周菲尔再去取款的时候，记住一定要开支票。"

"您是说，出了这样的事您还要继续用他？"皮特金先生尖刻地问。

"对啊！为什么不用呢？"

"您太容易相信别人了。"皮特金太太摇着头说，"如果这件事发生在隆尼身上，您绝不会说这样的话。"

"也许是的！"老先生冷冷地回答，"我把装了钱的信交给他去邮寄，而那封信根本没被寄出，这就可以看出他是多么粗心。"

"奥利佛姑丈，您这是什么意思？"皮特金先生问道。

卡特先生耐心地把事情讲了一遍。

"您太过分了！"皮特金先生气愤地说。

"您是说我的孩子拆开信把钱偷走了吗？"

"我不会像你那么轻易指责别人，娜维亚，我只是说，这件事看起来很可疑，但我不想再深究了。"

"我看我们最好走吧，皮特金先生！"皮特金太太高傲地站起身说，"现在奥利佛姑丈要指控自己亲戚是个贼……"

"请原谅，我可没那样说，娜维亚。"

"您就是说了也没关系。"娜维亚把头一仰说，"走吧！皮特金先生，走吧！我可怜的儿子，我们回家，这里不是你们待的地方。"

"晚安，娜维亚，欢迎你们随时来玩。"卡特先生平静地说。

"您什么时候把那小子辞退了，我会再来看您的。"皮特金太太狠狠地说。

"那你要等上一阵子了，我还能管好自己的事。"

当皮特金先生一家人沮丧地离开后，菲尔转向自己老板，感激地说："卡特先生，您对我这么仁慈和信任，我不知道怎样感谢您才好。我讲的这件事是有些奇怪，您就是怀疑我了我也不会怪您的。"

"亲爱的菲尔，我没怀疑你啊！"卡特先生慈祥地说。

"我也没有怀疑你啊！"福布什夫人说，"他们总是在怀疑你所说的话，我真的很生气。"

"现在看来，我们之中只有朱丽娅一个人怀疑你了。"卡特先生风趣地说。

"奥利佛姑爷爷！我做梦都没有怀疑过菲尔。"朱丽娅惊慌地叫道。

卡特先生说："这么说来，你至少还有三个朋友。"

菲尔说："如果您同意让我弥补这些损失的话，可以从我部分薪资里扣除。"

"别想了，菲尔！"卡特先生断然说，"我不在乎那点钱，但我只想知道那个强盗怎么会知道你今天取回的正好是现金而不是支票。"

卡特先生没再对菲尔说别的，但第二天便请一名著名侦探去把那件事弄清楚。

第 **18** 章

伪继承人

　　一座漂亮的乡村别墅，坐落在芝加哥郊外离城大约12英里的那片美丽的天然林园中间。在屋顶之上雄踞一个圆形拱顶，从那上面可以远眺那纵横绵延数英里，像一个宽阔的内陆海一样的"密歇根湖"。

　　那些平整的草坪、温室以及种满树木和花草的院子，到处都显示了这是一座富人的住宅。读者们也许记得，这就是格兰维尔

先生的豪宅，我们也一直在关注着他儿子的命运。

布伦特太太和乔纳斯虽然是冒牌货，但还是在这位西部百万富翁家里找到了立足之地。

是的，对于乔纳斯来说，现在被一位富翁认作儿子和继承人，那真是一步登天！对布伦特太太来说，虽然她不敢公开承认她与乔纳斯的关系，但也得以享受到儿子的富豪生活，有两个上等房间是布伦特太太专用的。以金钱能给人带来幸福来说，她也许觉得自己是幸福的。

但她真的感觉幸福吗？

不，她并不像自己想象的那样幸福。首先，她总是在担心自己欺骗格兰维尔先生的行为被人发觉。万一暴露的话，她马上就会被可耻地赶出这个奢华的家，当然，她还有丈夫留下的遗产，但这样一来，她在社会上将会一败涂地，那是多么悲哀。

再者，乔纳斯也让她很担忧，他在一夜之间变成了阔少爷，地位马上发生了惊人的变化。想要抵御繁华世界的诱惑，是需要坚定的意志，而乔纳斯是做不到的。真的，如果让我们来评价他的话，他绝对是一个粗俗的势利小人，极端自私，只顾满足自己的私欲。他经常嗜酒，不顾母亲的反对，甚至也不理会格兰维尔先生的管束，只要想喝他就会喝得酩酊大醉，并不害怕被别人看见。对佣人们，他总是摆出自傲自大、盛气凌人的架势，使大家对他十分反感。

现在，他穿着最华贵的衣服穿过了草坪。背心上挂着一条粗大的金项链，项链另一头挂着一只"父亲"买给他的昂贵怀表。

当他经过花圃时，两个园丁正在那里辛勤地工作着。

"菲尔少爷，现在几点钟了？"其中一个比乔纳斯大一岁的男孩问道。

乔纳斯傲慢地说："好小子，我的表可不是为你戴的。"

小园丁咬住嘴唇，厌恶地看着这个少主人。

"好吧！我等一位绅士路过时再问好了。"他回敬道。

乔纳斯虽然脸上长着雀斑，但也能看得出他被气得满脸通红。

"你的意思是说我不是绅士？"他愤怒地问道。

"你的行为根本就不像个绅士。"这个叫戴恩的园丁回答。

"小子，你最好别对我这样无礼！"乔纳斯叫道，小眼睛里闪烁着愤怒的光芒，"最好赶快收回你说的话！"

"我不会收回的，因为我说的都是事实！"戴恩勇敢地说。

"那我就不客气了！"

乔纳斯说着举起手杖在小园丁的肩膀上狠狠打了一下。

但是，他很快就为自己的行为得到了应有的回报。戴恩把耙子扔掉，猛扑过去，一下子把手杖夺过来，在自己的膝盖上啪的

一声，折为两段。

"手杖还你！"他把折断的手杖扔在地上，轻蔑地说。

"你竟敢这么做！"乔纳斯恼羞成怒地吼道。

"这是你侮辱我的下场。"

"我侮辱你了吗？你不过是个穷小工罢了！"

"我宁愿穷也不想像你那样。"戴恩说，"我当然也想有钱，但是我可不愿像你一样卑鄙。"

"你要为这件事付出代价的！"乔纳斯愤怒地说，他鱼目一样的小眼睛喷着怒火，"我要让你今天就走，让我爸爸一到家就把你赶走。"

"他如果说让我走，我才会走的！"戴恩说，"他才是一位真正的绅士。"

乔纳斯心烦意乱地来到他母亲房间。

"怎么了，亲爱的孩子？出什么事情了，乔纳斯？"她问。

"我不希望您再叫我亲爱的孩子。"乔纳斯生气地说。

"我有时容易忘记的。"布伦特太太微微叹了一口气说。

"最好您永远别忘了。您难道想把一切都搞砸吗？"

"现在只有我们两人，我怎么会忘了自己是你妈妈呢？"

"您知道只有这样才会对我们有利，所以最好把这个忘掉。"乔纳斯说。

布伦特太太虽然非常冷酷，但乔纳斯毕竟是她唯一的儿子，她对儿子的依恋胜过一切。以前，乔纳斯还会对母亲的疼爱做出一点回报，但自从他认为成了富翁的儿子和继承人以后，他竟然开始瞧不起自己的母亲。儿子态度的变化，布伦特太太也能感觉得到，她也为此感到难过。儿子是她生命的全部。但乔纳斯却认为她不应该参与这个阴谋，现在她只是在享受这个阴谋带来的好处。布伦特太太为了儿子而情愿冒险，但他却如此忘恩负义，这真的让她难以忍受。

"儿子呀！"她说，"不管怎样我都不会有损于你的财富，或者影响你的前途，只有我们俩在一起的时候，我把你当儿子看待也没什么错啊！"

"可是这又有什么好处呢？"乔纳斯抱怨道，"万一被人无意中听见怎么办？"

"你放心吧！我一定会很小心的。可是你看起来好像很烦躁？"

"戴恩那个穷小子，就是那个小园丁，对我太无礼了。"

"是吗？他对你怎么了？"布伦特太太立即问道。

乔纳斯把事情经过向他妈妈讲了一遍，他发现母亲很认真地听着。

"他的胆子真够大的！"她咬牙切齿地说。

"就是嘛！当我告诉他我会让他滚蛋时，他冷冷地转过身说我爸爸才是真正的绅士，所以是不会赶他走的。您能帮帮我吗，妈妈？"

"你要我帮你什么，乔纳斯？"

"您帮我在爸爸回来前把他赶走。您能解决好这件事的。"

布伦特太太也犹豫了起来。

"那样的话，格兰维尔先生会认为我太不像话了。"

"噢！我知道您能解决好的。如果他对我这么无礼还让他留下来的话，那他就会对我为所欲为了。"

布伦特太太虽然犹豫，但还是想达成儿子的愿望。

"你去把戴恩叫到这里来，我有话要对他说。"她说。

乔纳斯就赶紧跑出去找戴恩了。

"布伦特太太找我？我和她没什么关系呀！"戴恩说。

乔纳斯兴奋地说："如果你还不傻的话，就赶快去吧！"

"哦！见见布伦特太太也行，我马上就去。"戴恩说。

布伦特太太充满敌意地看着戴恩。

"你对菲尔少爷这么无礼。"她说，"他父亲就不会雇用你，这是5美元，比你的工钱还多，拿钱走人吧！"

"布伦特太太，我不会拿您的钱。除非格兰维尔先生本人让我走才行。"戴恩很有主见地说。

布伦特太太生气地说："什么，你竟然连我也不放在眼里？"

"不是的，布伦特太太，我没有瞧不起您，但是您和我没有什么关系，所以，我没有办法听从您的指挥，或接受您的解雇。"

"你竟敢这样对待我的……"乔纳斯在冲动中脱口喊道，又赶快在慌乱中突然打住。

"你说对待你的……什么？"戴恩立即反问道。

"我是说对待我的……保姆。"乔纳斯支支吾吾地说。

戴恩疑惑地看着他们两个人。

"他们两人之间一定有问题。"他在心里说，"可是到底是怎么回事呢？"

戴恩的表姐是格兰维尔先生家的女佣，比戴恩大3岁。虽然他们之间只存在表姐弟的感情，但她还是非常关心戴恩的。

戴恩跟布伦特太太谈完话后来到厨房。

"喂！哈吉，我可能很快要走了。"他说。

"为什么呀？戴恩，你不会是因为恋爱了吧？"哈吉惊讶地问。

"不，布伦特太太刚才对我说的。"戴恩回答。

"布伦特太太！你跟她有什么关系？到底是怎么回事？"

"都是因为那个高傲的菲尔，她认为这件事她应该管。"

"戴恩表弟，告诉我这是怎么回事。"戴恩把经过向表姐说了一遍，当说到菲尔未说完的那句话时，显得异常激动。

他说："我觉得，他们两个一定有问题，要不然布伦特太太到这里来做什么呢？"

"哦，是真的，戴恩？"哈吉插嘴说，"我也知道一些有关的事情。"

"你还知道些什么？"

"其实也没什么。只是有一天我在无意中听到他们在一起说话，当时她叫他时叫的是别的名字而不是菲尔。"

"她叫他什么？"

"她叫他乔纳斯！我敢发誓，我确实听见她叫他乔纳斯。"

"那应该才是他的真名。"

"我可不是这样想的。戴恩，我有个办法，我去见布伦特太太，让她觉得我知道这些事的内情。你懂吗？"

"你觉得那样妥当的话你就去说吧，哈吉。我已经对她说过，我不会接受她的解雇。"

布伦特太太现在正在自己的房间里。她是个很容易会记恨的女人，戴恩竟然漠视她的权威。她知道自己并没有权利开除戴恩。但现在，即使开除了戴恩，她对他的反感也不会因此而消退。都是狡猾的乔纳斯激起了她对戴恩的愤怒。

"妈妈，戴恩竟然这样不尊重。您在他眼里还不如一个厨房的帮佣。"他说。

"他会发现自己犯了一个很严重的错误。"布伦特太太气得两颊通红，说，"他也会明白，不听我指挥是不行的。"

"妈妈，要是我是您的话，我绝不会忍气吞声。"

"我也不会就这样算了的！"布伦特太太斩钉截铁地说。

过了一会儿，布伦特太太听到外面有敲门声。

"进来！"她没好气地尖声叫道。

门开了，哈吉从外面走了进来。

"哈吉，你有什么事吗？"布伦特太太诧异地问。

"我听说您要把戴恩赶走。"女佣问道。

布伦特太太回答："是的，不过这与你有什么关系呢？"

"太太，戴恩是我表弟。"

"这和我没有关系，他冲撞菲尔少爷，对我也非常无礼。"

"太太，这些我都听说了，他全都告诉我了。"

"那你就明白了他为什么必须走人。他要再找工作的时候，叫他最好规矩点，还要懂得尊重别人。"

"但从他说的情况来看，那根本不是他的错，太太。"

"就是他的错！他是不可能承认自己错的。"布伦特太太冷

笑道。

"太太，戴恩是个诚实的好男孩。"

"他都告诉你些什么呢？"

哈吉觉得自己施展绝招的时机到了。她用眼睛紧盯着布伦特太太，仔细观察布伦特太太听了自己的话后会有什么反应。

"太太，他对我说他正在花园里工作，突然乔纳斯少爷……"

布伦特太太惊讶地瞪着那个女孩叫道："你说什么！"

"我说他正在花园里工作，突然乔纳斯少爷……"

"你到底是什么意思，哈吉，谁是乔纳斯少爷？"布伦特太太努力掩饰着内心的恐慌问道。

"我说的是乔纳斯，太太。哎呀！我指的是谁呢？当然就是菲尔少爷了。"

"这里怎么会有乔纳斯这个名字呢？"布伦特太太紧张地问。

"这一定是在别的地方听说过这个名字。"哈吉说着，用眼角迅速机警地瞄了一眼，"看，戴恩只是礼貌地向小主人问了这个问题，但菲尔少爷却粗暴地回答他，甚至还打他。布伦特太太，我想您最好不要在这件事情上小题大做。与其说是戴恩的错，还不如说是乔纳斯少爷的错……哦，天哪！请您原谅，我说的是菲尔少爷。"

"那个荒唐的名字别再提了，哈吉！"布伦特太太说，"菲尔少爷和这个名字没有任何的关系，你应该知道他的名字是叫菲尔。"

"是的！"乔纳斯叫道，"不准乱叫我的名字！"

"至于戴恩这件事情，"布伦特太太又说，"对他这次的鲁莽行为我可以到此为止。我也不会对格兰维尔先生说的，但他以后要更加注意自己的言行。"

"那我真的是太感谢您了，太太。"哈吉一本正经地说。

哈吉走出布伦特太太的房间后，暗自得意地点了点头。

"很明白，那老太太已经乖乖地被我牵着鼻子走了，可是这是怎么回事？就因为乔纳斯这个名字，只要以后用得着的时候，我只要说出那个名字肯定没有问题了。不过我还是不明白其中的原因。"

哈吉把这个消息告诉了戴恩，说他们不会再有麻烦了。至于她用什么办法对付布伦特太太，她却只字不提。

"我要好好想想这件事情。"她说，"一定有什么秘密，是关于乔纳斯的。我要耐心些，说不定还能知道更多的事情。"

现在的布伦特太太已经有些惊慌失措了，她不知道哈吉究竟知道了他们多少秘密，她很害怕她什么都知道了。可是她怎么

会知道这个秘密呢？难道自己和乔纳斯的命运从此就掌握在这个女佣的手里吗？想到这里，她的自尊心已经受到了极大的伤害。

等哈吉出去后，她转身问乔纳斯。

"她怎么会发现这些呢？"

"她发现了什么，妈妈？"

"她知道你的名字是乔纳斯。我从她的眼神里能看出这一点。"

"她肯定是听到您这样叫过我。我早就说过，妈妈，从此以后只能叫我菲尔，千万不要再乱叫了。"

"总是不能叫你乔纳斯，总是不能像对自己的亲生儿子一样跟你说话，心里多难受。我现在开始觉得付出的代价真的太大了，乔纳斯。"

"您又来了，以后别这样叫我，妈妈！"乔纳斯生气地说。

布伦特太太坐下来，语气充满了绝望。

"可是我怕总有一天这一切都会被人发现的。"她说。

"如果您还是这样的话，肯定会暴露的，妈妈。我觉得，您最好离开这里。格兰维尔先生肯定会给您一大笔钱的。我一个人在这里的话，就不用担心暴露了。"

"啊！乔纳斯，你真的要我走？你真的要让我离开自己的儿子去过着孤独的生活吗？”

　　她尽管生性冷酷，但她现在也受到了极大的伤害。因为她看到自己的儿子是很认真地希望她离开。

第 19 章

重大发现

"我能请几天假吗，卡特先生？"菲尔问道。

"当然没问题，菲尔，你有什么安排吗？"老先生回答。

"我想回去看几个朋友。我离开村子好几个月了，很想回去看看他们。"

"你有这个愿望是很正常的。可是你那里不是已经没有家了吗？"

"对，但我可以住在汤米·卡凡那家。他会很欢迎我去的。"

"你继母和她儿子走后，一点消息也没有，真奇怪。"

"真的有些可疑，应该有什么原因使他们突然间消失了。"卡特先生若有所思地说。

"我也不知道。"菲尔不解地说。

"房子现在有人住吗？"

"有人住，听说布伦特太太的一个表弟现在住在那里。我也会去打听打听他们的情况。"

"好的，菲尔。你想哪天去都可以。你应该能确定他们是很高兴你回去的。"

回到普朗克镇，虽然他的亲戚们都很不高兴，但菲尔有很多朋友，当他在街上出现时，就能遇到很多朋友。汤米·卡凡那就是最先遇见他的人。

"菲尔，你从什么地方来的？"他问道，"真高兴看见你。你现在住在哪里？"

"现在还没有住的地方呢，汤米。要是你妈妈愿意的话，我就住在你家里好吗？"

"愿意？你要是去住的话，她高兴还来不及呢！只要你别嫌我家房子小就行了。"

　　"我是没有问题的，汤米，只要你和你妈妈没意见，我就无话可说了。"

　　"菲尔，看起来你出去谋生并不很辛苦嘛！你在做什么工作？"

　　"我现在过得还可以，不过也有担惊受怕的时候。但只要结局好的话，一切就算好了。我给一位有钱人做私人秘书，住在麦迪逊大道一栋用褐色石头砌成的漂亮房子里。"

　　"我早就知道你会成功的！你真行，菲尔。"

　　"布伦特太太到哪里去了？没有一点消息吗？"

　　"她表弟现在住在你家的旧房子里，我想除了她那个表弟，村子里恐怕没人知道她到哪里去了。"

　　"他的名字叫什么？"

　　"他叫休伊·雷诺。"

　　"他这个人怎么样？"

　　"他自己一人住在那里，听说他自己煮饭吃。根本不和别人交往，所以没人跟他熟悉。村里的人也都不喜欢他。"

　　"我想要去看看他，顺便打听一下布伦特太太的情况。"

　　"菲尔，真要想去的话你最好一个人去，因为他不喜欢别人去他家，我们一起去的话反而会坏了你的事。"

　　菲尔高兴地四处看望他的朋友，朋友们的热情接待使他感到非常高兴。

第二天下午，他才朝那个房子走去。

这里我们要插一段故事，让它说明菲尔的到来是如何的及时。

客厅里坐着房子现在的主人休伊·雷诺先生，他个子不高，皮肤黝黑，长着一个大鹰钩鼻。现在他很不高兴，这与他正在看的一封信有关。为了满足大家的好奇，不妨告诉大家，这是一封来自芝加哥的信，当然是布伦特太太写来的。我们摘录其中的一段：

> 你现在要我不收房租，不仅要把房子白白地让你住，而且还要我给你看管费，这也太不合理了吧！你凭什么要钱，你只不过帮我看管房子。说实话，这间房子有许多人想租，而且租金也出得很高。其实，我也考虑把这个房子租出去，那样对我来说简直太好了，尤其是在你好像连这样的好事都不满的时候。你说我有很多钱，还说我们过的很舒适，但这并不能让我随意挥霍丈夫留下的那一点点钱呀！我劝你实际一些，要不然我就让你搬走。

"她还和以前一样自私。"雷诺先生又把信从头到尾看了一

遍后，低声抱怨说，"表姐一向都不希望别人家好过一点。她以为可以这样对待我，她想错了。我要报复，有她好受的！有这份数据（如果她知道在我这里），我的任何要求她都会答应的。"

他打开一张纵向折叠的纸，原来是布伦特先生的遗嘱。

他打开文件大声读道：

> 兹遗赠5000美元给名叫菲尔·布伦特的男孩，他是我儿子，尽管并非亲生。我要求把这笔钱交给他选定的监护人保管，直到他年满21岁为止。

"这份遗嘱一定是布伦特太太小心收藏着，"雷诺先生说，"这样的话，她和她儿子就能得到那笔钱。只能怪她粗心，没把它烧掉。再说，不管怎样她离开普朗克镇时也应该把它带走。这可是个致命的秘密。现在我得到了它，我一定要好好利用它。让我想想，该怎么办才好？"

雷诺先生想了很长时间，最后决定写封信给布伦特太太，暗示他发现了这个重要证据，并以此向她索取至少1000美元的保密费。他正要着手行动的时候，一个意外事件使他改变了打算。

这时候门铃突然响起，雷诺先生十分惊讶地打开门，因为平时根本没有人会来他家做客。他在门口看到一个英俊的高个子男孩，但并不认识。

"你是来找我吗？你叫什么名字？"他问。

"菲尔·布伦特。"

"你说什么！"雷诺先生激动地大叫道，"你就是前些日子刚去世的布伦特先生的孩子？"

"是的，我一直被他当作自己的孩子。"菲尔回答。

"赶快进来吧！见到你真的很高兴。"雷诺先生说。

菲尔走进屋，他没想到雷诺先生竟然如此热情。

这时候，雷诺先生决定把那个秘密告诉菲尔。他相信菲尔不仅会感激他并且还会给他很好的回报。这样的话，他就达到报复布伦特太太的目的，她对自己实在太过分了。

"我一直在盼望着你的到来，我要告诉你一个天大的秘密。"雷诺先生说。

"如果是关于我父母的事情，那我早就知道了。"菲尔说。

"不是的，是一件对你很有利的事情。但是如果我把它告诉你，布伦特太太会永远恨我的，再也不会帮助我了。"

"如果这件事情真的对我有好处，我可以弥补你的一切损失，你放心，我非常守信。"菲尔说。

"有你这句话就够了。我相信你是一个能信守诺言的年轻人。"

　　"雷诺先生，但是你一定要公平对待我。"

　　"这份文件就是所有的秘密了。"

　　"是一份遗嘱吗？"菲尔吃惊地叫道。

　　"对，这是布伦特先生的遗嘱。按照这个遗嘱，他给你留下了5000美元遗产。"

　　"他真的没有忘记我。"菲尔说。他相信布伦特先生从来都没有忘记过自己，这比他得到这些钱还要高兴。"怎么我从没听说过这件事呢？"看完遗嘱后他抬起头问道。

　　雷诺先生意味深长地说："你只能去问布伦特太太了！"

　　"你的意思是她故意隐瞒这件事？"

　　"对。"雷诺先生简洁地回答。

　　"她在哪里？我一定要见到她。"

　　"我只能告诉你，她的信是从芝加哥寄来的，但详细地址她却非常保密。"

　　"那我就到芝加哥去一趟。这份文件我可以带走吗？"

　　"当然没有问题，但你最好把它交到律师手里比较安全。你不会忘了还欠我一点什么吧？"

　　"绝对不会的，雷诺先生。我保证你不会为了这件事蒙受损失。"

　　菲尔第二天早上回到了纽约。

　　我想大家都能猜到，菲尔向纽约的朋友们讲述了在家期间所知道的有关父亲遗嘱的事情，立刻引起了他们的很大关注。

　　"你的继母真是个卑鄙无耻的女人。"卡特先生说，"现在很明白，她离开你家是想掩饰这件事情。然而我不明白，她为什么会留下这个证据呢？这是一个很严重的疏忽。你觉得她知道这个遗嘱吗？"

　　"她肯定知道，可是我宁愿她不知道。"菲尔回答，"我宁愿相信她根本没有这样的想法。"

　　"无论怎样，现在的任务是想办法找到她，让她出来对质。"

　　"您是赞成我到芝加哥？"菲尔问。

　　"当然要去，而且是非去不可！我也会和你一起去的。"

　　"是真的吗，先生？"菲尔高兴地说，"您真是太好了。我这么小，对这些事情根本不懂，一个人去还真有些胆怯。"

　　"你真是个聪明的孩子。"卡特先生微笑着说，"你不用把我说得那么好。其实我在芝加哥也有一些生意，我想趁此机会亲自去照料一下。我对西部铁路建设很感兴趣，它的总部也设在那里。"

　　"那我们什么时候动身呢，先生？"

　　"明天走，"卡特先生马上回答，"越快越好。你现在可以

马上到城里买车票。"

24小时后，菲尔和他老板搭乘一辆开往芝加哥的特快列车。

他们准时到达芝加哥，一路上没什么值得一提的事情。他们在帕尔默旅馆订好了房间。

真是非常巧合，一样的时间及同一家旅馆内，菲尔要找的人也来到这里。他们正是布伦特太太、乔纳斯（或者叫作菲尔·格兰维尔）和格兰维尔先生本人。

他们三人来到芝加哥，其实也是各有各的想法。我们知道，格兰维尔先生家其实不在芝加哥。

本来是乔纳斯提出想到芝加哥来住上一个星期，他觉得乡村生活非常枯燥、乏味。

格兰维尔先生也溺爱自己的孩子，总想用各种方式来弥补自己遗弃孩子多年的过失。所以他同意了乔纳斯的要求。

"想到城里去看看是很正常的，孩子。"他说，"没有关系的，我们就到那里去。我们在帕尔默旅馆住一周。布伦特太太，你也和我们一起去吗？"

"我非常愿意，格兰维尔先生。"布伦特太太回答，"对我来说，虽然不觉得这里的生活枯燥，不过我也愿意出去调剂一下。总之，您和您孩子到哪里去，我都愿意陪着。"

"那好吧！我们就明天早上动身。"

　　布伦特太太有一个秘密的心愿和计划是大家不知道的。她感到她现在的处境十分危险。她的阴谋随时都可能被人拆穿，要是那样所有的荣华富贵都将化为乌有。但是如果能想办法让格兰维尔先生和自己结婚，她就安全了，就算骗局被揭穿，乔纳斯也会名正言顺地成为她的儿子。她因此对格兰维尔先生言听计从，什么事都先替他着想，尽力地表现出和蔼慈祥、温柔沉着而有女人味的样子，而这些东西也是她未有过的。

　　"瞧，妈妈，"乔纳斯有一次说，"我们来到这里以后，您改变了很多。性情比以前好多了。"

　　布伦特太太听后虽然很高兴，但她并不把儿子当作自己的知心人。

　　她说："我觉得这里的生活比较适合我，所以我变了很多。"

　　可是当他们要前往芝加哥的时候，布伦特太太却感到莫名的不安。

　　她说："乔纳斯，我为我们这次去芝加哥感到担心。"

　　"你担心什么，妈妈？我们肯定会玩得很痛快的。"

　　"我有预感会有什么不好的事情发生。"她忧虑地说。

　　直到现在，不去肯定是不行了。再说乔纳斯非常想去，她也没有什么好的借口让他们取消这次旅行。

第 20 章

大结局

　　菲尔很快到了芝加哥，但这只是他寻人计划的第一步。事实上，布伦特太太信封上的地址根本不能证明她就住在这座城市。

　　"刚刚开始，菲尔。"卡特先生说，"你要找的人可能近在咫尺，也可能远在天边。"

　　"是这样的，先生。"

　　"我有一个办法，能让你找到他们，登广告。他们当然不想被别人发现，所以登广告这个方法不好。"

"您有什么其他的好主意吗，先生？"

"我们可以找一个侦探到邮局去看看，可是这招也不一定有用。布伦特太太可能会派其他人去拿信。不过我相信我们迟早能找到他们。"

"你当过侦探吗，先生？"菲尔笑着问。

"没有，不过我曾经请侦探帮过忙。今晚去看戏好吗？"

"好啊！"

"今晚迈克维剧院有一场精彩的戏剧。我们去看看吧！"

"没问题，卡特先生。"

"年轻人总是好商量。"他说，"当你们年龄大了以后就会变得讲究一些。不过迈克维剧院总会有一些不错的节目。"

菲尔和他的老板晚饭吃得很晚，演出开始后10分钟，他们才匆忙赶到剧场。帷幕升起后，菲尔聚精会神地看着舞台，直到第一幕结束，他才向四周看了一下。

突然之间，他几乎从座位上跳了起来。

"怎么了，菲尔？"卡特先生问。

"你看，你看那里！"菲尔一边用手指着他们前面第四排的两个人，一边激动地说道。

"你认识他们吗，菲尔？"

"那是我继母和乔纳斯。"菲尔急切地说。

"真的？那太好了！"卡特先生也激动地说，"你能肯定吗？"

"当然，绝对没错。"

正在此时，布伦特太太转过脸，开始跟身边的一位绅士说起话来。

"那位先生是谁？"卡特先生接着问道，"布伦特太太又结婚了吗？"

"我也不大清楚。"菲尔也糊涂了。

"不能让他们溜掉了。赶快回旅馆！打听清楚离这里最近的一家侦探社在哪里，叫他们派人直接到这里来，弄清楚你继母和她儿子的住址。"

菲尔赶紧照办，等他回到剧院时，第二幕已接近尾声。跟他一起来的是一个从容不迫的小个子侦探，看起来朴实、谦逊而又十分老练。

卡特先生继续说："你现在可以大胆地走上前去，跟你那几位朋友说几句。"

"我可不想把他们当朋友，先生。演出结束前，我不想见他们。"

但菲尔还是被迫提前行动了。第四幕剧刚结束时，乔纳斯无意中向身后看了看，碰巧看见了菲尔。

他一脸惊慌地抓住母亲的手臂低声说："妈妈，菲尔就坐在我们后面。"

布伦特太太的心几乎停止了跳动。她知道自己的阴谋随时可能被拆穿。

只见她脸色苍白，悄悄问儿子："他看见我们了吗？"

"他正目不转睛地盯着我们呢！"

说时迟，那时快，菲尔马上离开自己的座位，径直走到了继母面前。

"您好吗，布伦特太太？"他问。

她盯着菲尔，一言不发。

"你好吗，乔纳斯？"菲尔接着问道。

"我不叫乔纳斯。"乔纳斯压低声音说。

就在他们讲话的时候，格兰维尔先生紧盯着菲尔。难道男孩的脸上写着什么东西吗？

"你搞错了，孩子。"布伦特太太说，"我不是你叫的什么布伦特太太，这孩子也不叫什么乔纳斯。"

"那么他叫什么？"菲尔问道。

"我叫菲尔·格兰维尔。"乔纳斯立即说道。

"是吗？那么快就改名字了。"菲尔挖苦地说，"6个月前，

我们还住在普朗克镇，你的名字叫乔纳斯·维布。"

"你是个疯子！"布伦特太太说，"我儿子叫菲尔。"

"你叫菲尔？"格兰维尔激动地大声问。

"是的，先生，这位女士是我的继母，这是他儿子乔纳斯。"

"你是谁的儿子？"格兰维尔先生看样子有些喘不过气来。

"我不知道，先生。在我很小的时候，就被父亲留在这位太太死去的丈夫开的旅馆里。"

"那你一定就是我儿子了！"格兰维尔先生说。

"你？是你丢下了我？"

"我把儿子交给了布伦特先生，而这位太太告诉我，这个孩子就是我的儿子。"

事情发生得太突然，太让人吃惊了，布伦特太太一下昏了过去。

"跟我来，我不能再让你从我眼前消失了，我的孩子！"格兰维尔先生接着问道，"你住在哪里？"

"帕尔默旅店。"

"我也住在那里。你去叫一辆马车来好吗？"

布伦特太太被送回了旅馆，乔纳斯满怀不安地跟着。

很快，他们三人来到了旅馆的会客室。

　　格兰维尔先生很快认定了这个菲尔才是自己的亲生儿子。

　　格兰维尔先生高兴地说："我一点都不喜欢他，那个叫作乔纳斯的孩子。"

　　"布伦特太太设下了一个天大的骗局。"卡特先生说。

　　"她是个厚颜无耻的人。"格兰维尔先生说，"我绝对不会原谅她。"

　　"还有比这更让人难以忍受的呢！布伦特先生在遗嘱中留给了菲尔5000美元，她却把那份遗嘱藏了起来。"

　　"我的天啊！这是真的吗？"

　　"我们有证据。"

　　第二天，布伦特太太被迫承认了她欺骗格兰维尔先生的事实。

　　"你为什么要设下这个阴谋呢？"格兰维尔先生震惊地问道。

　　"我想让我儿子变得富有。而且，我恨菲尔。"

　　"幸好你恶毒的阴谋没有得逞，否则我下半辈子的幸福就被你给毁了。"

　　"你们要把我怎么样？"布伦特太太焦虑地问道。

　　最后，他们决定还是不要公开这件事。菲尔曾经打算放弃布伦特先生留给他的那笔遗产，但格兰维尔先生表示反对，他认为

那样只会助长欺骗行为。而且，布伦特太太还能得到那笔5000美元的遗产。他们同意菲尔任意处置这笔钱，于是他把它平分给了汤米·卡瓦那和雷诺先生。

布伦特太太决定不回普朗克镇了。她觉得自己的所作所为确实令人难堪。后来她在芝加哥开了一间女帽小店。乔纳斯还是让她伤透脑筋，这个孩子不但懒惰，而且酗酒成性。

"我怎么舍得离开你呢，菲尔？"卡特先生惋惜地说，"我知道你应该留在父亲身边，但我真的舍不得你离开。"

"不必担心。"格兰维尔先生说，"我正想搬到纽约去，夏天再回芝加哥。我家房子宽敞，所以我想请您和您侄女福布什夫人到我家来做客。"

事情就这样解决了。福布什夫人和她的女儿成为卡特先生的继承人，卡特先生完全摆脱了皮特金一家人。因为他通过一位侦探查明，抢劫菲尔的那个人，是受皮特金先生指使的。卡特先生撤回了他在皮特金公司的投资。而皮特金先生由于信誉太差，公司几乎濒临破产的地步。

"我不会让娜维亚受苦的。"奥利佛姑丈说，"我会给她一笔钱，比如1000多美元吧！当然我再也不会把她当作亲戚了。"

菲尔现在已年满21岁了，朱丽娅也变成了一位美丽动人的女孩。菲尔经常讨好朱丽娅·福布什，希望能够和卡特先生建立某种更为密切的关系。在卡特先生看来，这是件再好不过的事情了，因为这个不起眼的小听差菲尔·格兰维尔如今已经成为一个了不起的人物了。

图书在版编目（CIP）数据

菲尔的第一桶金：听差男孩的波折命运／（美）霍瑞修·爱尔杰著；李志明译.
－－南昌：百花洲文艺出版社，2017.1
ISBN 978-7-5500-1928-7

Ⅰ.①菲… Ⅱ.①霍…②李… Ⅲ.①儿童小说－长篇小说－美国－现代
Ⅳ.①I712.84

中国版本图书馆CIP数据核字(2016)第240929号

江西省版权局著作权登记号：14-2017-0022

菲尔的第一桶金：听差男孩的波折命运

［美］霍瑞修·爱尔杰 著 李志明 译

出 版 人	姚雪雪
特约编辑	周天明
责任编辑	王丰林
书籍设计	彭 威
制 作	何 丹
出版发行	百花洲文艺出版社
社 址	南昌市红谷滩新区世贸路898号博能中心20楼
邮 编	330038
经 销	全国新华书店
印 刷	江西千叶彩印有限公司
开 本	720mm×1000mm 1/16 印张 14.5
版 次	2017年5月第1版第1次印刷
字 数	135千字
书 号	ISBN 978-7-5500-1928-7
定 价	29.80元

赣版权登字 05-2016-324

邮购联系 0791-86895108
网 址 http://www.bhzwy.com
图书若有印装错误，影响阅读，可向承印厂联系调换。